天边

金讯波 著

山东画报出版社

济南

图书在版编目（CIP）数据

天边 / 金讯波著. — 济南：山东画报出版社，
2023.8
ISBN 978-7-5474-4518-1

Ⅰ.①天… Ⅱ.①金… Ⅲ.①诗集－中国－当代
Ⅳ.①I227

中国国家版本馆CIP数据核字（2023）第125130号

TIANBIAN

天边

金讯波　著

责任编辑　李　双
装帧设计　王　芳　张智颖
封面题字　刘大钧
封面摄影　刘家琦

主管单位　山东出版传媒股份有限公司
出版发行　山东画报出版社
　　社　　址　济南市市中区舜耕路517号　邮编 250003
　　电　　话　总编室（0531）82098472
　　　　　　　市场部（0531）82098479　82098476（传真）
　　网　　址　http：//www.hbcbs.com.cn
　　电子信箱　hbcb@sdpress.com.cn
印　　刷　山东星海彩印有限公司
规　　格　148毫米×210毫米　　32开
　　　　　　　12.5印张　180千字
版　　次　2023年8月第1版
印　　次　2023年8月第1次印刷
书　　号　ISBN 978-7-5474-4518-1
定　　价　98.00元

前　言

　　有人很好奇，问我为什么不写医学论文了而改写诗，觉得有些不可思议。这是我想说明的事情，也就成了这本诗集的前言。

　　我确实应该继续搞科研，在山东大学我已带教了一百二十多名研究生，包括硕士、博士、博士后。无奈，由于年龄的原因，我不再担任创新团队带头人，心思一下子便回到了文学创作的领域。

　　为什么叫回到文学领域了呢？因为在学医之前我就热爱文学。1977 年是恢复高考第一年，能考上个大学就很不容易了，哪还能挑拣专业。我一从医就是四十多年，虽然期间曾经零零星星写过一点东西，包括剧本、散文、杂文，但都是应对上级部门的任务。真正自己想写点东西的时候，反而没有时间了。一年负责几千例外科手术，又要搞科研又要写论文，又要讲课，还要带学生以及出国交流，我再去搞文学那真是"不务正业"了。

　　我常说的一句话，一个人如果聪明，有两个领域是可以大有作为的：一个是数学，另一个则是文学。这两个领域只要你足够聪明，肯吃苦，有恒心，就一定能够取得成功。可惜，我的文学功底太薄弱了。好的一点是，我喜欢写，写起来可以通宵不睡觉；另一点则是，随时都可以写，哪怕只有一分钟时间也能写。如等电梯、两个手术之间的空隙，只要是我独处，那就是写作的时间。

我的诗就是这么写出来的。一两个月的业余时间诗集就成型了。幸运的是，我身边有许多文学功底很好的同事、学生、朋友，还有国际友人。听说我要出书，看了初稿后，纷纷要求帮我翻译成外文，其中有英文、日文、法文、俄文等，在此十分感谢他们。他们确实很辛苦，一本诗集、一本词集、一本哲语集、一本短篇小说集、一本杂文集、一本长篇小说、两个电视剧本、十本散文集等，翻译工程量很大。

说起诗集，其实我不太会写诗，好在不多，三百五十七首一气呵成。为什么是这个数字呢，因为我是1957年生人，为了好记，以五十七结尾吧。

记得十几年前，我邀请美国加州大学欧文分校的梅斯肯斯教授来中国进行文学交流。当时是在济南东方大厦，交流的内容主要是诗。按照程序，双方交替朗诵自己的作品。他老人家写的诗非常优美，轮到我朗诵我的作品时，谁也没有想到，他老人家竟当场哭了，与会人员对此感到惊讶。询问后才知道，我诗中的情节使他想起了自己的女儿。他说，"没想到中国诗能这么美，中国外科医生这么热爱文学"。尽管得到了他如此赞赏，我心里有数，是我学生翻译得好。

不管怎么样，诗集出版了。说起该诗集的特点，有几个方面比较突出。一是诗的内容充满正能量，涉及领域较广，视野开阔，通俗易懂，读起来朗朗上口。二是诗的格式多样化，形式多样化，便于教授诗的写作。三是配有诗的解读，进一步增强了对诗的理解。四是本诗集多数诗为四句，言辞精练，易于熟记。

谈起诗的文化，在文学的三个基本门类——诗歌、散文和小说中，中国古典诗歌是中国文化的一个最突出的代表。《诗经》是中国古代诗歌的开端，收入了西周初年至春秋中叶约五百年间的诗歌。《离骚》是中国爱国主义诗篇的开山之作，由中国诗歌史上第一位伟大的爱国诗人屈原创作。

几千年来，中国诗歌经历了不同朝代诗人的研究发展，形成了其独特的艺术风格和文学魅力。汉代的乐府诗实现了四言诗向杂言、五言的过渡，产生了完整的五言诗。乐府诗长于抒情，语言炉火纯青、一字千金，直接影响了中国诗歌史上伟大诗人、中国第一位田园诗人陶渊明。唐诗发展完善了新体诗——律诗，其间，诗仙李白登上诗坛，他把诗写得行云流水又变幻莫测。杜甫、白居易等风格各异，都是唐代诗坛大家。

但就诗的格式而言，古诗有固定的诗行，也会有固定的体式。一般有四言、五言、七言、杂言等多种形式。汉魏以后的古诗一般以五言、七言为基调，押韵、转韵有一定法式。四字一句的称四言古诗；五字一句的称五言古诗；七字一句的称七言古诗。四言诗，远在《诗经》时代就已被人们采用了，至唐代逐渐式微。

中国古典诗歌是精练和含蓄的。五言绝句只有二十个字，七言绝句只有二十八个字，词中的小令也是二三十个字的居多。中国古典诗歌语言形式的精练和意蕴的深厚，在世界诗歌史上都是极为罕见的。其实，新诗对于我们常人而言，并不苛刻。五四后，胡适首先提出"诗体大解放"的主张，倡导不拘格律、不拘平仄、不拘长短的白话诗。

新诗的特点就是没有一定格律，不拘泥于音韵，不讲雕琢，不必拘泥于形体，不必纠结于字句，彻底放弃对诗歌的形式要求，以白话入诗为基本共性，专注于情感的释放和寄托，对生命的塑造和传递，尽力让其谱成一首歌，绘成一幅画，讲出一个故事；阐述一个哲理，做出让人能看得见、听得到并能触手可及的一首诗歌；给人一种感悟，释出一种情怀，传递正能量，弘扬真善美，倾吐爱与恨。

那么写诗最怕什么？最怕空，最怕高谈阔论。

一首诗，以其本身的文学价值而言，很大一个问题，在于能否自然流传下来。凡是在民间流传下来的，传播最广的古诗，都是那些脍炙人口、简单明了的诗句。如"床前明月光，疑是地上霜。举头望明月，低头思故乡"，妇孺皆会背诵，就是这个道理。不是越艰涩，越让别人看不懂，才是有水平的好诗。所以，古诗不管多长，名句多半是前四句，甚至是头一两句。本诗集四句诗为多，以求简明；另一个意图是本人学识浅薄，如有高人不嫌弃，可在诗的后面续接下阕，以求完美。

金讯波

2019 年 3 月 10 日于济南

目　录

1.
秋湖暮色

秋湖夕阳斜，
劲风梳柳叶。
残荷半入水，
蛙声渐停歇。

【解读】

　　秋日的湖面，夕阳西下，秋风像梳子一样，轻轻梳理着杨柳。半入水的残荷和时停时歇的蛙鸣让人沉浸在一片秋意之中。本诗咏秋咏暮，却没有秋日黄昏的忧愁，跃然在纸上的是一种淡然的秋意之美，令人动容。

2.
闲

雪压层林白茫茫，
大明湖面水荡漾。
手捧书卷船上阅，
朔风吹散万惆怅。

【解读】

　　冬日的大明湖畔，白雪茫茫，但水面并未完全冰冻，仍有水波荡漾。在湖面的游船上，有一个手捧书卷的读书人，他似乎忘了周围寒冷的朔风和心头缠绕的惆怅，完全畅游在书的世界中。

　　本诗刻画了一个热爱读书的人在冬日寒冷的游船上畅快读书的景象。

3.
墨 泉

墨泉独自成河流，
不知带走多少愁。
春风已尽寒风骤，
飞雪染白少年头。

【解读】

墨泉位于济南章丘百脉泉公园内龙泉寺西南角，泉口因铸铁呈黑色，泉水清透，一眼望去泉水黝深，故名墨泉。其泉，常年喷涌不息，水量之大可独自成河。墨，为黑色之意；而飞雪，却呈白色。这首诗以墨泉起意，以飞雪结题，阐述出人的一生从黑发到白头，其间春风秋雨，寒风凛冽，需要经历数不清的愁苦呢。

4.
空 楼

寒风凛冽窗外吼，
一夜掏空楼外楼。
群星无语眼含泪，
留待别人论忧愁。

【解读】

　　这是一首很有寓意的小诗。作者用冷静的笔调描写出一种无奈，一种愤恨，同时也坚信长夜总会过去，是非曲直暂不评说。

5.
思同学

昨夜送走数颗星，今晨迎来几缕风。
又是一山枫叶红，不闻浦江摇橹声。
梦托孤雁东南去，风拍窗外雨蒙蒙。
挑夫登山脚步急，松涛阵阵述人生。

【解读】

　　作者想起两个同学之间的故事，于是写下了这首诗。大学毕业时，俩人分配在一个单位，后来，几经辗转，由聚而散，一个在山东，一个在上海。昨夜，山东同学送走了几位来探望自己的朋友，翌日又收到朋友们的问候。只是又到了一年枫叶飘红，却没有来自浦江的消息。毕竟同学一场，又在一个单位工作过，怎能不想念？只能将诸般思绪寄托在梦中，托孤雁捎去想说的话，期盼回音。话捎到了吗？听，有秋风拍打窗栏的声音，这是回音吗？是！此时，一阵狂喜，深秋的蒙蒙细雨已湿在了心里。时光真快，在人生道路上，每个人的脚步都是急匆匆，那急匆匆，那阵阵松涛述说的不就是人生路上的故事吗？有悲欢，有遗憾，有苦涩，有甜蜜。只是，发生的一切却已无法再重来。

6.

古刹钟声

云雾缭绕半山中，
古树遮天路不明。
寻觅名刹在何处，
幽林深处传钟声。

【解读】

在云遮雾蔽的深山中，有着古寺和千年的大钟。那里高僧打坐，古树参天。怎么走？路深路显，名刹在哪里？我们用尽了力气去寻找，刚要在迷茫中失去方向的时候，却听见了远处传来的悠扬的钟声。走吧，循着钟声走，没错。这首诗，有没有"山重水复疑无路，柳暗花明又一村"的感觉？

7.
思父亲

父亲慈容终生念，
爱哺恩深铭心间。
如雨似露润魂灵，
山高水长情万千。
仰思俯忆话旧事，
之乎者也吟感言。
弥天亘地诗兴涌，
高歌入云泪潸然。

【解读】

本诗抒发了作者对逝世父亲的怀念，是一首思父诗。作者想念父亲慈爱的面容，铭记父亲的养育之恩。父爱如雨露般滋润着作者的心灵，父子间的深情如高山流水。作者回忆着从前，念叨着碎语，倾吐着衷言。本诗具有两个明显的特点。首先，从本诗的写作设计来看，这是一首藏头诗，每一句的首字连起来，便是本诗的核心所在：父爱如山，仰之弥高。这既是本诗形式上的独特之处，又是作者的内心独白。其次，本诗中体现的思父之情，是朴素的人间真理，父爱如山，其爱子之情无异；思父之切，其感恩之心亦然。

8.
寒 窗

一夜秋风遍地黄，
校园清晨读书忙。
四年寒窗谁知苦，
不知未来在何方。

【解读】

银杏树的特征，是它在秋天的时候，碧绿的叶片会变为金黄色，挂在树枝上一段时间。等到气温降低以后，树叶会掉落到地上，将地面染成金黄色。作者是大学教师，在一次清晨上课的路上，见到校园遍地银杏落叶，晨读的学生在树下、在路边认真的读书，便有感而发写的一首诗。天之骄子，四年的大学时光，寒窗苦读，辛勤付出，别人怎能体会与理解他们的辛苦呢？苦，还好说，最揪心的是他们的未来又在何方呢？

9.
母亲河

黄河咆哮起天边，
一路向东破阻险。
哺育中华数千年，
入海再添万亩田。

【解读】

　　黄河，是中华民族的母亲河。李白诗云："君不见黄河之水天上来，奔流到海不复回。君不见高堂明镜悲白发，朝如青丝暮成雪。"抒写时光永逝之感叹。黄河之水，确实未再复回；但黄河之水却灌溉了万亩良田，哺育了祖祖辈辈，入海之处，还填沙成陆，再铸沃土。

10.
光 阴

秋深寒雨伴凄风，
吹落满山枫叶红。
光阴似箭留不住，
自恨人生空空空。

【解读】

少壮不努力，老大徒伤悲！满山枫叶固然是一道风景，但人在少年时如果不努力奋斗，等到秋风乍起，就会成为霜冻里毫无价值的落叶。日月如梭，人生易老，不要在老去的时候，一无所忆，一事无成。

11.
别　绪

把酒问天月如钩，
独坐亭下锁清秋。
离愁别绪挥不去，
满目泪水心上流。

【解读】

　　李煜的名词《相见欢·无言独上西楼》："无言独上西楼，月如钩。寂寞梧桐深院锁清秋。剪不断，理还乱，是离愁。别是一般滋味在心头。"这其中的离愁别绪，又何其相似。本诗又以"把酒"开头，让人不禁又生"抽刀断水水更流，举杯消愁愁更愁"之叹。酒、月、亭、秋，还有心上的泪水，虽然历来吟诵离别的诗句很多，但是本诗的意境也让人怦然心动。

12.
思故人

天高云淡孤雁远，
夕阳染红半边天。
微风习习轻拂面，
他乡故人何时见。

【解读】

　　本诗以思故人为题，赠给故人。天高云淡，孤雁南飞，夕阳西下，红霞满天，在这云淡风轻的季节，远走他乡的故人你可安好。微风习习，杨柳依依，我是多么想念你啊，何时才能再次相见？

13.

凄 风

竹林摇曳沙沙声，
斜雨凄风灰蒙蒙。
独处静候梦中人，
等来却是一场空。

【解读】

在一片蒙蒙细雨之中，吹过一阵凄冷的北风，竹林摇曳，沙沙作响，整个世界笼罩着一种灰色的意境。作者独自一人，静静待在细雨中等候，等昨夜出现在梦中的人来竹林边赴约。可是，在凄风苦雨中，等待的人却一直没有出现在眼前。只有长长的思念，和着凄冷的风声，在心头呼啸盘旋。

14.

醉酒历下亭

四面湖水月光明，
友朋相聚历下亭。
垂柳摇曳千头绪，
举杯交错断枝影。
酒逢知己千杯少，
身在江湖难求静。
鸬鹚入睡蛙声歇，
醉后欲回舟无影。

【解读】

历下亭坐落于济南大明湖湖心岛，自古以来声名远播。杜甫及济南名士曾经在此亭上被宴请。当时，杜甫当即赋《陪李北海宴历下亭》诗一首："东藩驻皂盖，北渚凌清河。海右此亭古，济南名士多。云山已发兴，玉佩仍当歌。修竹不受暑，交流空涌波。蕴真惬所遇，落日将如何。贵贱俱物役，从公难重过！"本诗作者相携好友，亭中醉酒，思绪颇多，当歌且当听。仔细品味一下诗中的章节，很有味道。整个岛上就一桌客。时间，秋天的一个晚上；地点，四面环水的历下亭；人物，几个知己好友；事件，邀请朋友喝酒；目的，解除工作中的烦恼；结果，酒兴已高，夜已很深，荷叶下的青蛙都已睡觉了，外出的舟都没有了。多美好的生活回忆啊！

15.

天 边

风起五更寒，
伫立近窗前。
残月挂天边，
思绪剪不断。

【解读】

　　风起的日子笑看落花，雪舞的时节举杯向月。天边，冷风，寒冷的风；窗前，冷月，残缺的月。思绪是什么呢？剪不断，理还乱，是离愁？怕是，别有一番滋味在心头。只是，不知道远方的你，此刻在想些什么。

16.

隔 岸

山峦起伏连绵绵，
大河奔腾贯中间。
欲求彼岸千里路，
只见水涌不见船。

【解读】

起伏连绵的群山中间，有一条浩浩荡荡的大河。我在大河的这边，想象着美丽而神秘的对岸。那里山峦起伏，那里茂林修竹，那里天高云淡，那里神秘莫测。可是，我如何才能到达对岸呢，只看见了波浪连天涌，却看不到可以渡我到对岸的客船。

17.
难

涉水难，登山难，
问问乞丐何事难。
此求张，彼求李，
万事不如求自己。

【解读】

　　问世间什么最难？或许每个人都有自己的答案。问跋山涉水之人，那路途艰险，确实很难；问要饭的乞丐，他们缺衣少食，确实很难。但有一种难堪称难中之难，那就是求人之难。所以说，求人不如求己。然而，有时候又不得不求人，谁又能够自己把所有事情都独立完成而不去求助别人呢？这正是人间的无奈之处啊！

18.
戏

人间犹如大剧院，
台上演戏台下看。
一个剧本一出戏，
你唱罢来他上前。

【解读】

　　人生如戏，但是人生之戏却没有剧本可以照搬。没有人所要经历的事情是已知的，人生道路充满了未知以及变数。我们都受困于自己所处的时代，受困于自己所处的集体。小集体就叫作单位，单位里的每一个人虽然独立，却又丝丝相连；每个人都是观众，每个人又都是演员；每个人都在看别人演戏，每个人自己也都在表演。就这样你方唱罢我登场，好一个人间大戏院！

19.

山　间

深山密林穿越难，
只因身处在其间。
登高远眺千里目，
万水千山一支烟。

【解读】

　　你是否读过苏轼的这首诗："横看成岭侧成峰，远近高低各不同。不识庐山真面目，只缘身在此山中。"作者写的这首《山间》和苏轼的这首诗有相似之处。密林，深山，道路艰险，一路走来辛苦异常，而且不知路在何方，让人感到心中迷茫；然而，一旦达到顶峰，在山巅之上极目远望，那层林尽收眼底，就会让人豁然开朗，曾经攀登途中的艰难险阻，也在一瞬间成为过往；再去回首走过的万水千山，也不过就像是抽了一支烟那样轻松。

20.
两个娃

面朝黄土背朝天，
娃娃长在田地间。
城里孩子也是人，
为何不能下地田。

【解读】

　　本诗中，主人公是两个娃娃，一个是农村娃，一个是城里娃。农村娃干着农活，在田地里辛苦劳作，天天和泥土在一起摸爬滚打；而城里娃就不用干农活，更加养尊处优一些，就像培育在温室中的花朵。本诗作者提出了自己的疑问：城里娃为什么就不能像农村娃一样，在田地间辛苦劳作呢？为什么城市娃一干点农活就叫苦连天呢？引人思索其中的答案。

21.
好人平安

清水甘甜出好井，
积德行善存天庭。
身正不怕影子斜，
知鬼莫过蒲松龄。

【解读】

　　人生在世，应该积德行善，就犹如一口好井，为人们送去甘甜的清水一样。只要行得正，站得直，就不怕别人的闲言碎语。君不见，《聊斋志异》中说尽鬼狐之事，虽然人人都不免害怕那些游魂野鬼，但在蒲松龄的笔下，鬼也主张正义，他们对待好人也是有情有义，令人动容。所以，但行好事，莫问前程，天道终有常，好人得太平。

22.

远　山

凄风横碎千丝雨，
落叶片片吻秋菊。
路灯影下伞匆匆，
不知远山风云起。
忽闻滚雷来天际，
万千思绪织成曲。

【解读】

　　秋日的夜晚，昏黄的路灯亮起，秋夜的丝丝细雨和着有些凄冷的风，将片片落叶吹向孤独绽放的秋菊。在路灯下匆匆行走的人们，并不知道远处已经风云涌起。那远处的消息通过滚滚的雷声传来，惹人涌起万千思绪，在秋夜的凄风苦雨中，编织成一首幽然的乐曲。在这首诗中，作者展开了丰富的想象，将眼前的秋雨与滚滚的雷声联系在一起，并将雷声看作远山的消息，自成情趣。

23.

冰锁黄河

冰锁黄河寒风冽，
万里雪飘鸟兽别。
浮桥不知何处去，
水下鱼儿不停歇。

【解读】

　　隆冬时节，寒风凛冽，千里冰封，万里雪飘，茫茫天地之间，浩浩黄河之滨，哪里还有什么生命的痕迹，鸟兽们都因为惧怕这酷寒而藏身各处，不见踪影。连河面上的浮桥也不见了，自然也不会再有人经过。然而，在黄河水里，只有鱼儿，还在一刻不停地来回游弋，仿佛外部的世界与己无关。本诗的前两句与"千山鸟飞绝，万径人踪灭"颇为相似，而后两句，却转而描绘了水中鱼儿自然畅游的场景，让人浮想联翩。

24.
黄河东流

黄河咆哮风沙吼，
大漠深处是源头。
少年河水本清秀，
祖上使命向东流。
一路风沙一路忧，
青年已是少白头。
壮年闯过九曲弯，
两岸黄土成绿洲。
功过是非后人评，
暮年静静入海流。

【解读】

  本诗以黄河做比喻，来描述人生的不同阶段，内容丰富而具体，感情客观而真挚，令人感同身受，似乎每一个人，都能在这首诗里找到自己的影子。少年，努力奋斗；青年，悄然白头；壮年，成就绿洲；暮年，静静回首。而当时间远去，百年过后，功过是非，只能由后人评说情由。本诗的字面意思是歌颂伟大的母亲河，实则是抒发人生易老的感叹，人生易老天难老，黄河九曲终不还，虽有感叹，但心情已渐归平静。

25.
空　巢

大树冠中群鸟营，
叽叽喳喳乐融融。
野火逼近巢穴空，
他山传来鸟语声。

【解读】

　　作者当年创建了一番医学事业，就像一棵大树，每一个成员都是他的学生，都是他留下的，就像大树上欢快鸣叫的小鸟，叽叽喳喳，其乐融融。但当作者到了临近退休的年龄，不再担任行政职务时，曾经辛勤建立起来的事业则改旗易帜了，犹如一场野火逼近，大树上的鸟儿都飞尽了，巢穴已空，这里是指人心已去，此一时彼一时。仔细听，他处的远山竟传来了熟识的嘤嘤鸟语，但已非那么悦耳了。这首诗借大树与野火之喻，反映了作者颇为无奈而又深谙其情的思绪。

26.
黄河龙

天上黄河地上流，
千年古道伴喜忧。
书生欲望河水清，
专家建言杞人愁。
儿孙自有儿孙福，
黄河深知往哪走。
一泻千里东流去，
入海再造三角洲。

【解读】

　　黄河就像蜿蜒盘旋在中华大地的一条巨龙，又被称为母亲河，它的命运也牵动着无数中华儿女的心。黄河水因多含泥沙而显得浑浊，曾经有些专家就建言献策，想出各种办法来，想让黄河水变得清澈。作者对这种行为的观点就是"杞人忧天"，黄河自然知道它应该走哪条路，又何须人指指点点呢？君不见黄河走完全程，在东流入海的地方，浑浑沉沙之上又出现了一片油油的绿洲。儿孙自有儿孙福，有些事纯属杞人忧天。该诗富含哲理，令人警醒。

27.

济南古城

千佛山万佛洞，
芙蓉街小胡同。
名士多济南府，
黄河水绕泉城。

【解读】

泉城济南是一座古城，有知名的历史名胜和深厚的文化底蕴。千佛山以及芙蓉街就是济南具有代表性的旅游景点。千佛山古称历山，相传舜虞曾躬耕于此，故有"舜耕山"之称。万佛洞建成于唐代永隆元年（680年），位于千佛山北麓，是千佛山的一大胜景。芙蓉街是一条具有济南特色的老街以及小吃街，位于市中心，是一条南北走向的街道，因街上有一名泉芙蓉泉而得名。杜甫诗云："海右此亭古，济南名士多。"也是关于济南的著名诗句。黄河从济南北部穿过，绕过济南城向东流去。可见济南名气之大，连狂野的黄河也畏惧它三分，只好绕路而去，同时也留下了许多关于黄河与济南古城的美丽传说。

28.
豪情侠义

滚滚黄河天尽头，
梁山好汉原是寇。
豪情侠义人间情，
一部水浒英雄吼。

【解读】

　　山东男人素有山东大汉、山东好汉之称，一部《水浒传》即为山东好汉们写下的传记。此书一出，山东好汉的形象无人争锋。山东男人的好汉形象不在于外表，而是骨子里的那种豪放和仗义。在有些地方的人看来，山东男人鲁莽，做事喜欢直来直去，不喜欢绕弯子。其实，是遗传和地域环境及文化的影响，造就了山东男人是非分明、疾恶如仇、讲义气、重感情的性情，这种豪情侠义岂非一曲英雄的赞歌？古语说，"一方水土养一方人"不无道理。

29.

武松借酒

景阳冈上虎患多，

凡人休想过山坡。

武松借酒闯一次，

下次给钱也不过。

【解读】

　　武松因"武松打虎"而家喻户晓，成为山东好汉的代表人物之一。作者写作本诗却另辟蹊径，提出了自己的观点，认为武二郎酒喝多了，醉闯景阳冈，事后，肯定也是十分后怕，再有这样的机会，估计借给他个胆，他也不敢再逞强了。

30.

微山夕照

夕阳红透半边天，
微山湖畔起炊烟。
收起渔网把家还，
荷花拂过船两边。

【解读】

　　这首诗描写了微山湖夕阳湖景的美丽景观和渔民们安逸温馨的生活画面。夕阳西下，红光漫天；微山湖畔，袅袅炊烟；渔民收网，齐把家还；荷花抚水，渔船归晚。景色何其美丽，画面何其温馨，令人怦然心动，不禁神往。诗中的"拂"是拟人的手法，一个"拂"字让整个画面充满了收获的欣喜之感。

31.
黄河路

黄河蜿蜒伸天边，
滚滚波涛几万年。
痴心不走寻常路，
敢叫大地换新颜。

【解读】

　　刘禹锡有诗云："九曲黄河万里沙，浪淘风簸自天涯。"在本诗中，作者着力描写了黄河蜿蜒盘旋，痴心不改的这股韧劲。滔滔黄河水灌溉着沿途的良田，我们的祖先在此繁衍生息，创造了灿烂的古代文化。渤海之湾，且回头看这些来时的路，也终究让大地换了新的容颜。黄河，矢志不渝，勇往直前！

32.

故 乡

归心似箭白云间，
遥看云下万亩田。
哪也没有家乡好，
父母健在不游远。

【解读】

　　每个人的心里，都会深埋着故乡的影子。童年的故乡，山高水长。长大后，有机会从空中俯瞰，对故乡的地理环境有了新的认识。本诗描写作者乘坐飞机返乡时，途经故乡上空时的所见及所感。"归心似箭"一词，描写了作者渴望回到故乡的迫切心情。身居白云间，心系白云下。白云下是作者的故乡，那里有万亩良田。最重要的是，那里有我们日思夜想的亲人，有我们的父母，还在对门望眼欲穿。所以啊，亲爱的游子们，如果父母还在盼望着你们，就请你们不要漂流太远。"父母在，不远游"，说的是真真切切的思念，又岂是玩笑之谈？

33.
醉

醉、醉、醉，谁也不想醉，看你和谁醉。

醉、醉、醉，不醉也得醉，看你因何醉。

醉、醉、醉，看看谁先醉，你醉我也醉。

醉、醉、醉，看你何时醉，就怕天天醉。

【解读】

酒，是一种神奇的饮料，神奇之处就在于大多数人喝多了都会不舒服，但是大多数人还是选择在不停地喝、喝、喝。喝多了会怎样？会醉！醉了会怎样？会犯糊涂！然而，谁又真正愿意喝醉呢？酒场如战场，你来我也往，你敬我也敬，共同把身伤。关键时候可以喝一点，知心老友可以喝一点，但最怕的就是天天喝醉，那就正经成了酒晕子，啥事也干不好了！

34.

单 身

暮秋枯叶落街头，
路灯影绰冷风嗖。
步履匆匆路上行，
一人饥寒全家愁。

【解读】

单身的日子好不好过，看看这首诗就知道了。没人疼、没人爱的日子里，满是孤独和寂寞。这首诗描写了这样的一幅场景：深秋的路上，冷风嗖嗖，落叶随风，四处飘散；昏黄而摇曳的路灯灯光下，一个青年人步履匆匆，却不知道往哪儿走；他饥肠辘辘，虽然是一个人饿着肚子，但是全家都在为他发愁。为啥呢？因为全家就他自己一个人啊。本来是"一个人吃饱了，全家不饿"的老段子，被作者这么一改写，更添了单身生活的苦楚！

35.

天尽头

陡崖壁立天尽头，
凭栏远眺风浪吼。
当年东巡秦始皇，
不知今朝褒与咒。

【解读】

　　天尽头位于胶东半岛东端，是一块突出于大海之中的陆地，是胶东半岛的最东端，被人们称为中国的"好望角"。天尽头位于威海市荣成市的成山镇，原名成山头，但是老百姓却习惯称它为天尽头。据史书记载，秦始皇曾两次到达天尽头，并曾令宰相李斯在此刻碑纪念。如今天尽头已经成为著名旅游景点。当年秦始皇东巡至此，何曾知道在他身后，历朝历代的褒与贬？

36.

东　巡

始皇东巡到天际，
暗流涌动浪高急。
生前不识天尽头，
身后陡崖成传奇。

【解读】

　　天尽头是一块充满了神秘感的土地，也是一块充满了恐怖传说的土地。关于天尽头，人们最广泛的传说是，秦始皇东巡到了天尽头，不久就死在回京的途中，所以说"暗流涌动浪高急"。有些著名政治家到过天尽头，结果回去后就先后下野。于是，人们把这里视为一片不祥之地。在人们潜意识里，天尽头，预示着事业到头了。其实，这只是一个充满神秘与传奇色彩的传说，只能当故事听。汉武大帝也东巡过，不也好好的嘛！

37.

汉武大帝

汉武大帝数风流，
万里东巡天尽头。
仰天远眺观日出，
封遍天下万户侯。

【解读】

史书记载，汉武大帝刘彻也曾到过天尽头，但刘彻不但没有像之前的秦始皇一样走下坡路，也没有得病死去，反而很长寿，享年七十岁，其寿命在古代的帝王中也是屈指可数。刘彻没有短命，而且皇帝当得也痛快，他在位时，汉朝极为强盛，疆域得到开拓，国力也十分强盛。天下万户，皆为所有；敢来犯者，虽远必诛。本诗就书写了汉武大帝和天尽头之间的这段机缘与故事。

38.

八　仙

八仙过海显其能，
纷纷相聚蓬莱城。
不管风劲浪高急，
争强好胜露本性。

【解读】

　　八仙过海的故事在中华传统文化传说中是广为传播的。相传白云仙长有一次在蓬莱仙岛牡丹盛开时，邀请八仙及五圣共襄盛举，回程时铁拐李建议不搭船而各自想办法，就是后来八仙过海故事的起源，他们随身所携带的法器各有妙用，每人运用自己的法器顺利过海。后来，人们就用"八仙过海，各显神通"来比喻那些依靠自己的能力创造奇迹的事。而本诗的立意与传统的解读不同，作者点出了八仙的本性乃是争强好胜，此观点令人耳目一新。

39.

忙

忙，忙，忙，少年外出求辉煌。

忙，忙，忙，哪有时间回故乡。

忙，忙，忙，功成名就主四方。

忙，忙，忙，子欲尽孝父母殇。

【解读】

　　忙碌是多数人的生活状态，不管是成功人士还是普通百姓，都在为自己的梦想或生活不断奔波。关键问题是，我们都从故乡来到了异乡，离了亲爱的爹娘，当我们有天终于功成名就，想再去尽孝的时候，父母都已经不在了，这多么令人遗憾和悲伤！作者本首诗描写了"子欲养而亲不待"的无奈，指出我们不能为了所谓的成功而一味奔忙，不要忘了回到故乡，及时尽孝。

40.

赶 海

潮退海已远，
岸边沙滩显。
鹬蚌相争急，
渔翁轻松捡。

【解读】

作者在海边出生和长大，自然对大海有着更多的情感与认识。当海潮退去，海滩自然也就显露出来了。这个时候，各色人物纷纷登场，"鹬蚌相争，渔翁得利"。这何尝不是"螳螂捕蝉，黄雀在后"的翻版呢？所以，遇事不要争不要抢，急着争抢最容易两败俱伤。

41.

勤　劳

日出之时天先亮，
勤劳之人早起床。
一日之计在于晨，
人生之魂求辉煌。

【解读】

　　作者以勤劳作为本诗的题目，积极宣传正能量。勤是中华民族最重要的传统美德之一，勤劳也是我们取得重要成绩的最重要的因素之一。本诗的写作特点为，每句第三个字均为"之"字。天先放亮，东方日出；勤劳的人，天生热爱劳动，他们懂得早晨时光最为宝贵；最后指出人要有一个有追求的灵魂。正是："勤能补拙是良训，一分辛苦一分才。"

42.

古　槐

村头古槐数百年，
枝繁叶茂空中间。
儿时嬉戏藏树洞，
老大归来泪满面。

【解读】

　　古槐，重点在于一个"古"字。古槐之古，至数百年。数百年间，又有多少人世间的离合悲欢，被古槐静眼相看呢？虽然树干成洞，却叶茂枝繁。古槐陪伴当年的小孩子长大成人，孩子们也难忘儿时在古槐树洞里嬉戏的欢乐时光。如今，我们长时间地离开故乡外出打拼，一朝归来，看到古槐依然，而人事已非，不禁潸然泪下。此诗让人不免想起"少小离家老大回，乡音无改鬓毛衰"的拳拳乡情！

43.

途 中

遥遥故乡路，
悠悠思乡情。
匆匆人生途，
孑孑人孤行。

【解读】

　　本诗题目为"途中"，有路才会有途中，那么，作者是想描写什么道路的途中呢？诗句本身给了我们答案，一是故乡路，故乡路中弥漫的是什么呢？是浓浓的思乡之情！二是人生路，人生路中弥漫的是什么呢？是长久的孤独！本诗为五言诗，读来朗朗上口，感情真实、质朴。此外，本诗的写法也很有特点，每句诗的前两个字均为叠字，更加重复和强调了作者想要表达的情感，令人动容！

44.

孤 鹤

鹤立苇滩仰天鸣，
枯草瑟瑟不见应。
大雪已深雏鹤过，
只剩寒风呼呼声。

【解读】

　　"鹤"作为一种常见而又独特的鸟类，承载了人类太多的情感。本诗以"孤鹤"为题，借以比喻人生中的某个时刻，或者某种经历，或者仅仅将自己比作那只孤鹤，抒发了孤苦无依、茕茕孑立的情感。本诗以苇滩为地点，以枯草为情境，以深雪为背景，以寒风为声音，勾勒出一幅寒冬雪野、孤鹤独鸣的凄清，让人不禁为那只孤鹤怦然心动。

45.

回故乡

少年离乡老大还，
山河依旧城貌变。
时光催人人已老，
同聚一堂似从前。

【解读】

　　本诗描写了作者回到故乡的所见所感。作者自小离开家乡，如今许多年过去了，带着满脸风尘回到故乡；虽然山山水水依然是老样子，但城市的面貌却发生了巨大的改变。虽然时光催老了我们的容颜，但当我们欢聚在一起的时候，是不是和儿时在一起时一样？一样的欢声笑语，一样的情深依然，也是一样的年华老去，一样的容颜沧桑！

46.

福 山

福山福地福人居，
福事福运福人气。
自古宝地数福山，
不信你可查周易。

【解读】

    作者的故乡是烟台福山。福山中的福字是中华民族传统文化中极其重要的文化符号，寄托着人们的美好期盼和向往！作者这首诗便描写了福山和福有关的文化内涵，用洋溢的热情歌颂了故乡，抒发了对故乡深深的热爱之情。福山，乃福地，居住着有福之人；有福事，有福运，还有福气。福山自古以来都是宝地，如果不信，可以去查《周易》，在这本关于风水的古老经典著作中，你一定能找到福山如此有福的根据！

47.

故乡的饭

有山不见山，
此处是福山。
要想吃好饭，
围着福山转。

【解读】

　　这首诗语言通俗，但饱含着作者对故乡的眷恋和热爱，寄托着作者深爱故土的热烈情感。福山是隶属于山东省烟台市的一个市辖区，位于山东半岛东北部。北宋靖康二年（1127 年），伪齐帝刘豫登此山，称两水镇一带为"福地"，因此得名为福山，名称沿用至今。"要想吃好饭，围着福山转"本是一句古语，说明胶东的饮食文化与福山有着不可分割的历史渊源，福山也是重要的鲁菜发源地之一。

48.

友 情

时光飞逝如人生，
少年奋斗老来空。
人间疾苦均尝遍，
友情才是不老松。

【解读】

　　友情一般是指人与人在长期交往中建立起来的一种奇特的情谊，互相拥有友情的人叫作"朋友"。友情是珍贵的。时间可以使人的容颜衰老，却会使真正的友情历久弥新。人们在斗转星移中度过一生，年轻时不懈奋斗，老来却发现除了身外之物并没有留下什么，反倒是在尝遍世态炎凉之后，方才感觉到朋友之间的友谊才真正是郁郁葱葱，犹如不老之青松。

49.

论　语

秋风萧萧杏坛前，
思绪回追三千年。
欲问圣人何事难，
半部论语先读完。

【解读】

　　杏坛是当年孔子讲学的地方，是儒家文化的圣地。多少人曾来此求过学。《论语》是儒家经典著作，在中华传统文化中的地位不言而喻。"半部论语"之说，最初见于"半部《论语》治天下"的典故。该典故最早出自一个叫林駉的人撰写了《古今源流至论》前集卷八《儒吏》，其中所记宋代赵普学过的书籍，除了《论语》，没有别的了。在原文下面，有个小注，写着这样的话："赵普曰:《论语》二十篇，吾以一半佐太祖定天下。"本诗将杏坛、三千年、圣人等与《论语》相关的事情记于诗中，高度评价和肯定了阅读《论语》的价值所在。

50.
敬孟母

冬雪无痕亚圣府，
拜谒孟子敬其母。
育子三迁断机杼，
万人师表垂千古。

【解读】

孟子是战国时期著名思想家，教育家，儒家学派的代表人物之一，地位仅次于孔子，被尊称为"亚圣"。他宣扬"仁政"，最早提出"民贵君轻"的思想。孟子取得的伟大成就，与孟母的良好教育是密切相关的，其中最为人称道的就是"孟母三迁"，而"子不学，断机杼"更是广为流传的育儿经典。所以，敬拜孟子，首先要敬拜孟子的母亲，正是有了这位伟大的母亲，才成就了孟子的伟大，堪称"万人师表垂千古"。

51.

三 有

墨子三有是天责，
富人怎比穷人多。
逐利若能民为先，
江山社稷日不落。

【解读】

　　墨子的名声虽远不如孔子、孟子、老子、庄子来得响亮，但在约 2500 年前，墨子主张平民思想，是中国历史上第一位伟大的平民导师。在墨子的思想体系中，"尚贤""节用""兼爱"是墨子告诉人们活着应该有的三种品质，恰恰这也是当下社会最需要的三种品质。墨子说，天下虽有少数富人，但还是普通老百姓占大多数；君主们若真能凡事以民为先，江山社稷均可保万年长青。他朴素的为民思想无论在当时还是现在都是十分先进的。

52.

煮 彘

树若不正影子歪，
煮彘食言诚心败。
天降大任于斯也，
言之必行耿入怀。

【解读】

煮彘源于曾子的故事，出自《韩非子·外储说左上》。"曾子之妻之市，其子随之而泣。其母曰：'女还，顾反为女杀彘。'妻适市来，曾子欲捕彘杀之。妻止之曰：'特与婴儿戏耳。'曾子曰：'婴儿非与戏也。婴儿非有知也，待父母而学者也，听父母之教。今子欺之，是教子欺也。母欺子，子而不信其母，非所以成教也。'遂烹彘也。"曾子烹彘的故事，小而言之，是家庭教育的问题；大而言之，是处世为人要讲诚信的问题。父母对孩子说话要算数，才能为孩子树立一个守信的榜样。

53.

齐长城

举目登攀锦阳关，
长城盘蜒千重山。
古人已去中宵寒，
齐鲁风云代代传。

【解读】

　　本诗描述了齐长城的壮丽景色与文化积淀。齐长城遗址横亘于齐鲁大地，始建于春秋时期。它西起黄河，东至黄海；东西蜿蜒千余里，几乎把整个山东分为南北两半。锦阳关是春秋战国时期齐长城的重要关隘，位于山东省莱芜区雪野街道。长城翻山越岭，岁月流去无声；中宵寒气凛然，风云再起边城！齐长城，历史与岁月的见证！

54.
灵岩寺

古树参天风萧瑟，
枯叶片片庙前落。
木鱼伴诵催人醒，
老衲闭目浮云过。

【解读】

灵岩寺，始建于东晋，距今已有1600多年的历史。位于山东省济南市西南泰山北麓。这里群山环抱，岩幽壁峭；柏檀叠秀，泉甘茶香；古迹荟萃，佛音袅绕。明代文学家王世贞有"灵岩是泰山背最幽绝处，游泰山不至灵岩不成游也"之说。本诗首先描写了灵岩寺的环境及风物。前两句描写的是灵隐寺的寺中景色，参天古树，飘飘落叶，令人顿生萧瑟之感。但后面两句描写木鱼及老衲，因"催人醒"及"浮云过"两种描述，从而瞬间将本诗的意境升华，也完全写出了那种与灵岩寺内涵相符的超然于物外的感觉，令人回味，使人警醒，也让人向往。本诗表面是在写景色、写声音、写人物，内涵却是在写态度、写警悟、写人生。

55.

趵突泉

天下第一三股泉，
水满溢成明湖面。
千年不息见春秋，
风流人物留诗篇。

【解读】

　　本诗描写了趵突泉的自然景色与悠久文化。趵突泉位于山东省济南市市中心，位居济南七十二名泉之首，清朝刘鹗《老残游记》载："三股大泉，从池底冒出，翻上水面有二三尺高。"清康熙皇帝南游时，观赏了趵突泉，兴奋之余题了"激湍"两个大字，并封为"天下第一泉"。历代文化名人如曾巩、苏轼、元好问、赵孟頫、张养浩、王守仁、王士祯、蒲松龄、何绍基、郭沫若、启功等，均对趵突泉及其周边的名胜古迹题有诗篇。

56.

泰 山

一山耸云众山小，
帝王祭天欲增高。
百姓求子叩首攀，
国泰民安是正道。

【解读】

本诗旨在歌颂泰山的人文与情怀。泰山，有"五岳之首"之称，被古人视为"直通帝座"的天堂，成为帝王告祭的神山，有"泰山安，四海皆安"的说法。自秦始皇开始到清代，先后有十三代帝王亲登泰山封禅或祭祀。不只受帝王尊崇，泰山也受百姓崇拜，百姓多为求子祈福，所以叩首攀登。本诗名为泰山，内容写了帝王祭天与百姓祈福，祈求国泰民安，这也正是历朝历代上至王侯、下至百姓共同的愿望。

57.
荣成天鹅湖

瑞雪纷纷伴寒风，
天鹅越冬聚荣成。
湖满天鹅白如雪，
鹅鸣盖过浪涛声。

【解读】

　　本诗描写了寒冬时节，荣成天鹅湖上天鹅成群、鹅鸣阵阵的壮观场景。荣成天鹅湖位于山东半岛最东端。独特的沿海地貌和自然环境，使这里具备了天鹅生活必需的基本条件：适宜的气候、充足的食物、干净的水源和优美的环境。这里是世界著名的天鹅越冬栖息地，也是亚洲最大的天鹅冬季栖息地。本诗文辞优美，尤其是后两句，白雪与白色的天鹅，鹅鸣与湖面的涛声，相映相称，场景壮观而意境优美，令人沉醉。

58.
忆父母

少年奋斗离故土，
不知亲情深入骨。
老大回乡亲不待，
思念父母梦中哭。

【解读】

　　有多少人儿时在故乡长大，却为了追逐理想而离开故土，也离开了父母。年少不知愁滋味，但在外打拼，谁又不思念情深入骨髓的故乡呢！只可惜当我们功成名就、衣锦还乡的时候，我们的父母已经无法等待了。我们只能在梦中思念我们的父母和故土，醒来不禁老泪纵横，失声痛哭。

59.
甲骨文

夹河西畔考古店，
幸存几块甲骨片。
见天驱雾知祖先，
细研仓颉起始源。

【解读】

    作者的故乡是烟台福山，夹河是福山的母亲河，王懿荣甲骨文纪念馆就坐落在夹河西岸。王懿荣是山东福山古现村人，1899年，他因病买药，发现中药"龙骨"上有些奇怪的刻画符号。经过仔细研究，他认为"龙骨"上的这些刻画符号是商王朝的文字。他的发现后来得到学术界确认。由于这些文字刻写在龟甲和兽骨上，因而被称为"甲骨文"。王懿荣因此被称为"甲骨文之父"。王懿荣是烟台这片土地的骄傲。本诗描写了作者对甲骨文的认识，从中可以体会到作者的自豪与对家乡的热爱。

60.

钓　鱼

日出东海风拂面，
挥杆甩出钓鱼线。
岸边静待鱼上钩，
肯定有个倒霉蛋。

【解读】

　　钓鱼是一项喜闻乐见的休闲项目，钓鱼的目标就是用鱼钩把鱼从水里钓上来。本诗描写了作者在东岸边钓鱼的情景。前两句描写了钓鱼的地点及天气，一幅安然闲适的钓鱼图景跃然纸上。第三句表面上仍是平淡无奇，最后一句却另辟蹊径，没有直接写钓鱼的收获，而是从鱼的角度，用倒霉蛋来形容上钩的鱼儿们，令人耳目一新，引人反复回味："在这尔虞我诈的现实世界里，我们当中谁才会是那个倒霉蛋呢？战战兢兢，如履薄冰，且行且珍惜吧！"颇有"姜太公钓鱼，愿者上钩"的味道了！

61.

磨　蹭

回家匆匆奔月台，
目追列车已离开。
自恨磨蹭三分钟，
只好改天再重来。

【解读】

人生总会遇到让自己感到遗憾的事情，可大可小。本诗就写了这样一件小事：要坐火车赶着回家了，但匆匆忙忙赶到火车站月台的时候，却眼睁睁地看着火车离开。只是因为磨蹭而迟到了三分钟，却只能等到第二天再来赶这趟火车了。本诗题目为"磨蹭"，同时也警醒自己及读者，切莫再因为磨磨蹭蹭，误了事情，而空余悔恨与遗憾。例如，每年的高考，总有那么一些考生，因这种原因，那种情况，没能及时赶到考场，被关在考场大门之外，留下了终生遗憾。

62.

楼外楼

山外山，楼外楼，
叫花鸡，东坡肉。
惊蛰过，龙抬头，
天外天，任遨游。

【解读】

　　这是作者带领团队赴杭州学术交流，在西湖边的"天外天"酒楼上，设宴鼓励弟子们的场景而写下的一首诗。在诗的结构上，本诗为三言诗，每句由两个三言构成，颇具特色；诗的内容上，本诗描写了一些形散神聚的事物，包括风景、饮食，包括时令、心境。让人联想到"山外青山楼外楼"的景致，让人联想到那些令人垂涎的美食，让人联想到早春时节里，人们意气风发、云游四海的豪情壮志！

63.

两重天

一个太阳一个天，
南北房间两重天。
前暖后寒人自选，
居住还是向阳面。

【解读】

　　虽然我们共同拥有同一个太阳、同一片天，但是不同的房间却能感受到不一样的冷暖。南面温暖，北面清寒，简直就是两重天。如果能够自己选择，那我们肯定还是愿意选择向阳的南面，那样的房间还是阳光和煦、暖意融融的。问题是，我们能够自己选吗？两重天，我们能够自己选择哪重天吗？好像没那么随意吧！

64.

夜　读

冰冻三尺天地寒，
杯酒孤灯陋室暖。
伏案飞读百万字，
穿越时空几千年。

【解读】

　　这首诗描写了读书人在寒冷的冬夜居于陋室潜心读书的场景。寒天冻地，冰雪覆盖，屋子外面的世界是一片酷寒景象；杯酒孤灯，星火微澜，陋室虽小，与屋外相比却又是那么温暖。寒暖都不重要，重要的是这个热爱读书的人，已经完全沉醉在书中，伏案飞读，遨游时空，在时光的长河里穿越了几千年。本诗用词考究，读来朗朗上口，又尤以意境取胜。

65.
开刀匠

手术结束月已明，
归来已是满天星。
几个朋友一小坐，
数斤老酒剩半瓶。

【解读】

　　作者是山东省著名的泌尿外科专家，是泌尿外科博士生导师，是医学大家，在本诗中他却谦虚地称自己为"开刀匠"。作者深谙"开刀匠"的生活：等到手术做完，都已经月上柳梢星光灿烂了，这个时候身体感觉非常疲惫，但却不急着回家，反倒是约上三五老友，找个熟悉的小酒馆，来上几斤老酒，拉个呱，喝个痛快，满身的疲惫顿时消除，第二天接着做手术！

66.

我是一颗星星

美丽的夜空亮晶晶，
因为有满天的星星；
星星挨着星星，
星星望着星星，
他们送走黑夜，
共同迎来黎明。

太阳虽然伟大，
但它孤单独行；
月亮虽然漂亮，
但它有亏有盈。

我不喜欢风，
也不喜欢雨，
更不爱电闪雷鸣。
因为它们太吵闹，
变化太无情。

我喜欢星星，

喜欢星星的大家庭，
北斗星，启明星……
数不清的星星，
各有自己的位置，
分工精细，职责分明。

它们从不吵闹，
更不互相攻击；
它们懂得友爱，
懂得互相尊重。

你会说星星渺小，
那是因为相距太远，
白天见不着星星，
因为阳光太明；
夜晚如果无星星，
那是乌云在天空。

太阳清高不夜出，
月亮温情也旷工。
只有星星最忠诚，

昼夜镶嵌在天空。
我愿做一颗星星，
默默发光，生命永恒。

【解读】

　　本诗是一首现代诗，这首诗也充分体现了作者写现代诗的高水准。现代诗比古代诗更容易将感情透彻地表达出来，不像大多数古体诗那样诗意隐晦。现代诗的形式也更加灵活，并不拘泥于字数的限制。本诗描写了星星的特征，作者以星空比喻一个大家庭，以星星比喻大家庭里面的每一个个体，将星星的特点、优点书写的优美、生动。

67.
一个教师的职责

种子被选进了天堂，
多年的培养就要离开温房。
走出校门，
乘风飘扬；
飘啊飘，
多么兴奋，
多么紧张。

因为你们知道，
种子没有翅膀，
只能随风飘扬，
一旦落地，
不会再有新的启航。

因为你们知道，
种子落在沙漠冰川，
就意味着停止生长，
掉进火山深渊，
那就是死亡。

种子飘啊飘，
飘进了大山，
落在了小溪旁，
一时高兴，
但终究要随波流淌；
一旦汇入大海，
九死一生，希望渺茫。

种子不甘心，
挣扎着继续飘荡，
终于落到了地上，
那还是贫瘠的山冈，
勉强地发芽，
也是体弱叶黄。

风啊，
你能否理解种子？
送他到理想的地方。

我就是一阵清风，
受天堂的派遣，
愿为你们插上翅膀。

听风一声忠告，

打起精神，

不要彷徨，

风会带你们到那儿，

充满阳光而富饶的土地上。

在那里你们会生根发芽，

茁壮成长。

因为祖国需要你们，

需要你们成为国家的栋梁。

【解读】

作者是山东大学外科学教授，作为全国高等学校教材《外科学》编委之一的他，在教书育人方面有很多有益的思考。作者给本科学生们讲课时，认认真真备课，兢兢业业授课。在这首诗中，他把学生比喻为一粒种子，把老师的教导以及人生的际遇比作清风，把学校、社会和世界比喻为土壤，教育学生打起精神、不要彷徨，寄望学生扎根土地、茁壮成长。这首诗的比喻形象生动，内容深刻，文辞优美，充满正能量。

68.
生日抒怀

生辰正逢龙抬头，
日来百贺共相庆。
甲子又二体康健，
乐在岁久心态平。

生涯自古多蹉跎，
举杯一笑轻九鼎。
日搏惊涛谁若懂，
涵泳儒流浸心行。

天降伟业种梦根，
生年吉祥中金命。
血脉蕙质乾坤颂，
烟台少年今成翁。

好运成真心中快，
乐融富贵进门厅。
诗涌疾笔觅新句，

乐满长笺溢深情。

寿比南山青松岚，
日洒金光满院庭。
明朝更喜天伦乐，
后浪澎湃入苍穹。

【解读】

作者是 1957 年生人，本诗作于 2019 年，是作者在自己六十二岁的生日宴上写的。诗为七言诗，全诗以"生辰正逢龙抬头"起句，说明是生日所作；第二段描写了日搏惊涛、举杯一笑的壮丽，大气的人生经历；第三段描写了"天降伟业"和"血脉蕙质"，继续抒写自己天降大任的人生历程；第四段书写了自己乐于写诗的感受；末段书写了自己享受天伦之乐的喜悦，也寄望自己的晚辈、学生能够"后浪澎湃入苍穹"。

69.

海那边

我为什么爱海？
因为你在海的那边。
海是那样的宽，
海是那样的远。

我站在海边，遥望着海的那边。
潮起潮落，海浪拍打着海岸。
潮涨，
海浪捎来了你的问候；
潮落，
海浪送去了我的思念。

我在海边行走，
风，拂过我的面颊，
浪花，舔吮着我的脚边。
我捧起浪花，舔了又舔，
海水和眼泪一样，
又苦又咸。

清晨，
太阳从海那边冉冉升起；
夜晚，
夕阳又回到了海的那边。

海是那样宽，
海是那样远，
我站在海边，
望着那波涛汹涌的海面。

潮涨了，
潮又要落，
大海带走了我的思念。

【解读】

　　本诗有两条主线，一条是写大海，另一条是写思念；大海和思念联系起来，就形成了波澜壮阔、意境悠远的画面。潮涨潮落，这边那边；朝阳夕阳，清晨夜晚；海，一直在那里，涛声依然；我，也一直在海边，带着深深的思念。在本诗中，我、海、思念，三者完美地融为一体，读来让人觉得舒适而有美感。

70.
流　星

浩瀚的夜空，
镶嵌着漫天的繁星。
星星挨着星星，
星星望着星星。
夜空，
是那样的宁静。
一颗流星拖着长长的尾裙，
燃烧着，
瞬间划过天空。
星星望着星星，
流星划过夜空无声无踪。
浩瀚的星空啊，
你是那样的宁静，那样的宁静。
星星们眨着眼睛，
寻找着，寻找着，
那划过夜空的流星。
夜深深，
那样的宁静。

群星啊，谁还能记得，

有颗流星曾经静悄悄地，

静悄悄地，划过夜空。

【解读】

本诗写流星，描写了流星的稍纵即逝，描写了流星的无息无声。有位诗人说过："流星是不是天空的眼泪？流星是短暂的，而落地化为陨石，却是永恒的象征。陨石是流星的骨骼，流星是陨石的魂魄。"本诗写出了流星的安静：夜空本身就是安静的，而流星，在宁静的画面上，留下了一道安静的背影。流星悄悄划过，照亮了夜空，燃尽了自己。浩瀚的星空，谁还会记得流星曾经静悄悄地划过？

71.
西安情怀

大雪飞跃万重山，
西安雄风出秦川。
陈年轶事创业史，
东海波涛接潼关。

【解读】

    作者与西安有着很多的交集，作者的大弟子熊晖教授的故乡就是西安。作者还邀请和力推西安交大的贺大林教授担任山东省泰山学者，并在各方面与西安有了很多的交流与合作，因此与西安有了深厚的情感。本诗前两句写西安的景致与人文，词语壮阔豪迈。第三句概括了自己与西安的交流与回忆，最后一句将东海与潼关以波涛相连，表现了两者深厚的感情与友谊。

72.

又喝老酒

多年老友围炉坐，
呈上老树无花果。
水取老井半杯茶，
一壶老酒摆上桌。
老友老酒老树下，
闲叙老话又喝多。

【解读】

　　本诗共六句，题目中有"老酒"，比老酒更接近主题的便是一个"老"字，比"老"字更接近主题的其实是"友情"。本诗每句第三个字皆为一个老字，像一串"老"珠，把每句串在一起，围绕一个"老"字展开抒写。老友、老树、老井、老酒，凑在一起，说些老话，多么温馨的一幅场景啊。诗中"老"字虽多，但人却未必老，年轻人也可以是老朋友嘛，任岁月飘飘逝去，友谊正如老酒，更加醇厚。

73.

多

钱多存银行，
吃多堆脂肪。
事多整天忙，
话多必有伤。

【解读】

"多"这个字有很多解释和理解。有些东西是越多越好，有些东西却相反，所谓"物极必反，过犹不及"。钱多，存银行去；吃多了，体重就会增加；事多，就会显得非常繁忙；话多，就很有可能把不该说的都说了，就会带来伤害。所以，保持适度是最好的，尤其是话不要太多。人用几年就可以学会如何说话，但要用一生才能学会如何闭嘴。

74.

羡 慕

同窗同寝同寒苦，
金榜题名君先录。
送上祝福展宏图，
天资聪明真羡慕。

【解读】

　　诗中阐述了天资聪颖与后天努力的关系。人与人之间的天资是有区别的，是客观存在的，不可否认。后天的努力虽然重要，但只能弥补一些自己的不足。就学习而言，同样的天资，不一样的努力，差别就出来了。同理，同样的努力，不一样的天资，成绩也有不同。"羡慕"是一种情感的流露，尤其是面对比自己表现优秀的人，更容易产生羡慕之情。但羡慕不是嫉妒，羡慕虽然不一定是愉悦的，但至少是中性的，嫉妒却必然是令人不快的。本诗描写的就是和自己一起学习的同学，和自己同样刻苦学习，却取得了更好的成绩，金榜题名，较自己优先被录取，可谓天资聪明。这时候，作者不仅对同学送上真挚的祝福，期待并相信他能大展宏图，同时也流露出来对同学的羡慕之情！

75.

错 过

晚风吹过天暮色，
相逢恨晚缘难测。
天若有情西流水，
朝朝暮暮浴爱河。

【解读】

　　有些东西错过了，就无法再重新进行选择，尤其是时间过去，
就永远无法再重来了。晚风过处，天将日暮，相逢太晚了，我们已
经无法再续前缘。老天如果有意，就让河水西流吧，这样，我们就
可以回到过去，重新在一起，朝朝暮暮永远沐浴在爱河里。

76.

悔 恨

白发变黑英俊秀，
人生之路当会走。
只惜花开已谢落，
唯恨当初昏过头。

【解读】

苏轼曾叹曰："多情应笑我，早生华发。"保尔·柯察金也说过："人的一生应该是这样度过的：当他回首往事的时候，他不会因为虚度年华而悔恨，也不会因为碌碌无为而羞愧。"本诗就描写了这样"悔不当初"的心情。如果人生可以重来一次，华发变黑，样貌变秀，人生之路也许就会比现在好走一些。可惜呀，人生没有回头路，走路需慎重。

77.

故乡福山

北临大海西面坡，
南有龙山东近河。
千年设县名福山，
鲁菜发源故事多。

【解读】

　　作者的老家是烟台福山。北临大海，西面山坡，南有龙山，东近夹河，作者几笔就勾勒出福山的位置。福山也是国内外闻名的"烹饪之乡"。"要想吃好饭，围着福山转"，这一流传千百年的民间口头禅，足以说明福山的"鲁菜之乡"实至名归。

78.

烟台今昔

抵御倭寇于海外，
狼烟直起烽火台。
时光飞逝千帆过，
有朋应邀远方来。

【解读】

本诗描写了烟台的历史与现在。烟台名称，源于烟台山。公元 1398 年，即明洪武三十一年，为了防倭寇侵扰，当地军民于临海北山上设狼烟墩台，也称"烽火台"；发现敌情后，昼则升烟，夜则举火，此为报警信号，故简称烟台，烟台山由此得名，烟台市也因此而得名。如今，倭寇已无，孔夫子曰："有朋自远方来，不亦乐乎？"烟台也以它美丽开放的新姿态，迎接着来自远方的朋友们。

79.
援 非

援非坦桑送药远，
夜宿东非大草原。
狮群围着车体转，
人在车中哪敢喘。
一轮明月升天边，
送来勇气壮起胆。
为国参加医疗队，
生死度外何畏难！

【解读】

　　本诗是一首叙事诗，写的是在援助非洲坦桑尼亚期间，一次夜宿东非大草原的真实的送药经历。作者曾参加中国国际援非医疗队，并在中央电视台拍摄的援非纪录片《使命》中担任文学编辑。本诗描写了作者的独特经历，夜宿东非大草原，狮群围车，天边明月送来了黑暗中的光亮，让作者重新升起了勇气与胆量。最后两句表达了作者将生死置之度外的豪壮决心和忠心为国的赤子之心。

80.

雨中行路

青山烟雨雾锁天，
流水潺潺响耳边。
路客匆匆裹衣紧，
不知远方有艰险。

【解读】

    人生的道路是漫长的，有时也会遇见凄风冷雨，路看不清，耳旁能听到的只是身边的嘈杂声。

    此时所谓的方向就是随着人流向前，很少有人停下来问问路，或是分析一下雨何时能停，更没有人知道前方的路况怎样，只是不假思索地往前行走。

    等到一不小心掉进沟里去了，才后悔自己的盲从。也有的人是实在走不动了，才发现原来自己不适合爬山，或根本不能爬山，但为时已晚。

    半路上的风，半路上的雨，半路上的孤独，半路上的饥饿与寒冷，使他明白了原来人生干什么都需要有计划，都要有准备才行。另外，干什么都要量力而行，不是所有的事情都适合自己，这也是本诗所阐述的寓意。

81.

祖　孙

祖孙二人海边走，
遥指夜空寻北斗。
不管繁星多耀眼，
人生准星应该有。

【解读】

　　这首诗语言朴素，场景简单，但画面温馨，哲理深刻。夜晚，
祖孙二人，在海边慢走散步，海面波澜壮阔，头顶繁星闪耀。爷爷
边走边给孙辈寻找北斗星，并告诉自己的孩子："不管繁星多耀眼，
人生准星应该有。"何其简单而深刻！不管是谁，不管在何种复杂
的情势下，人生都应该牢牢记住自己的坚定方向，紧跟心头的北极
星。

82.

烟台冬天

寒风凛冽波涛天，
浪扑岸边冰成片。
欲知东海有多寒，
烽火台上熄狼烟。

【解读】

　　本诗写的是烟台冬天的寒冷情景。寒风凛冽，海浪滔天，海浪扑到脚边，寒冷的海水瞬间就会结成冰片。渤海的严寒有多么猛烈呢？就请看看烽火台上，那些早已经被冻熄的狼烟。本诗从烽火台上熄狼烟的角度，侧面描绘了寒冬季节烟台海边空旷寂寞的场景，反衬出冬天的冷酷与严寒。作者的又一首写烟台的诗篇，身在济南，心在烟台；思念故乡，难以遣怀。

83.

小 河

梦见小河门前过，
一群小鱼水中乐。
最美小时甜蜜蜜，
叠只小船逐清波。

【解读】

　　这是一首怀念儿时玩乐的诗歌，整篇突出一个小字。作者在梦中回到了家乡，看见小河从家门前流过，河中有一群小鱼在水中嬉戏游乐。人生最美的就是小时候，那时候的时光真是甜蜜蜜，我们经常会在河边玩耍，用纸叠成一只小船，去追逐那流动的清波。这首诗言语简单，但画面温馨，让人产生怀念儿时的共鸣。

84.
故乡的云

目断雁去秋风瑟，
思绪惆怅又起波。
天边飘来故乡云，
欲寻天梯摘几朵。

【解读】

秋风瑟瑟，秋云朵朵；思绪片片，乡情婆娑。"故乡的云"在许多文学作品里都是怀念故乡的象征。本诗最后用"欲寻天梯摘几朵"的奇幻想象来探知故乡的情况。云从故乡来，必知故乡事。由此可看出游子的思乡之情。

85.

大西洋畔

大西洋边晚霞伴，
浪花轻轻吻沙滩。
饭后海边正散步，
忽闻远处美女喊。
追到眼前求合影，
询问才知梦中见。
千里有缘来相会，
但求美梦都能圆。

【解读】

　　本诗描写了一个"有缘千里来相会"的真实故事。作者有一次赴美期间，和几个朋在大西洋畔散步，彼时晚霞片片，浪花轻轻，作者漫步海岸，享受美景。忽然，后方远处有几位金发碧眼的美女惊喜呼喊，向作者奔来，其中一美女对作者说："不好意思，可以合个影吗？昨夜梦里见过您，想和您合个影。"啊，还有这样的事？这怎么可能呢？合影后，美女们欢声笑语地离开了。现在想想，这简直不可思议。真是世界之大，无奇不有。但，有一点是真的，大西洋的海岸真美！

86.

心静则平

夜风扑窗梦中醒，
疑是僧人在敲更。
世上本无烦心事，
只是自己在折腾。

【解读】

这首诗的题目是"心静则平"，写的是一种哲理，一种心境。夜风已冷，回首前尘如梦，写的就是首句。夜风吹打窗栏，声声入耳，就像僧人敲更，催人清醒。世上本无事，庸人自扰之，写的后面两句。什么是人生好时节呢？有首诗写得好："春有百花秋有月，夏有凉风冬有雪。若无闲事挂心头，便是人间好时节。"

87.

赶　路

寒风凛冽碎雪飘，
路灯依稀行人少。
晨起赶路上班去，
冰霜早已挂眉梢。

【解读】

　　本诗描写的是作者在寒冷的早晨早起上班的情景。寒风刺骨，雪花飘飞，路灯昏黄，少有行人。此时，早起匆匆赶路上班的人们步履繁忙，你看他们呼出的热气遇冷都凝成了雾气，他们的眉梢上也挂满了冰霜。这首诗写出了上班族的辛苦。

88.

蚂 蚁

烈日当头热风起，
蚂蚁搬家匆匆急。
天生勤劳肯吃苦，
万物皆知无法比。

【解读】

　　这首诗描写了蚂蚁的勤劳。烈日当头，蚂蚁仍然在勤劳的工作，一刻不停。卡夫卡曾经说过："光勤劳是不够的，蚂蚁也非常勤劳。你在勤劳些什么呢？有两种过错是基本的，其他一切过错都由此而生：急躁和懒惰。"是啊，不管怎样，懒惰是万万不行的，也不管蚂蚁为何而勤劳，我们要学的是蚂蚁的勤劳精神。人类若要有蚂蚁般的勤劳，当今社会一定会更加美好。

89.
赛 跑

读书须尽早，
考试如赛跑。
落后必淘汰，
同龄试比高。

【解读】

　　读书，简单的两个字，却蕴含丰富的内涵。考试，是检验读书效果的最有效的方法。书是读出来的，分是考出来的，每一个少年都应该好好激励自己去读书。读书，不是单纯比你读了多少书，掌握了多少知识，更现实的要求是，你在同龄人中的位置和名次。就好像在赛跑比赛一样，追求的是名次，是参赛选手中结局时的位置，不是跟局外人相比。落后就要被淘汰，这首诗激励青少年们要为理想不懈奋斗，勤奋读书，多思考，才能在和同龄人的比赛中不落后，不被淘汰。本诗从比赛的角度揭示出学生读书的目的和重要性。

90.

除 夕

除夕之夜飘瑞雪，
儿孙归来过春节。
全家同享年夜饭，
爆竹声声送岁月。

【解读】

除夕，为岁末的最后一个夜晚。除，即去除之意；夕，指夜晚。"除夕"又称大年夜，所以，除夕的晚饭又称为年夜饭。除夕是除旧布新、合家团圆、祭祀祖先的日子，在国人心中是具有特殊意义的。在这个重要的日子里，漂泊再远的游子也是要赶着回家去和家人团聚，在爆竹声中辞旧迎新。本诗就是描写了这样一幅合家团聚、其乐融融的场景。

91.
铁心肠

同根同源同爹娘，
却见秋凉树叶光。
落叶伤心随风去，
裸树为何铁心肠。

【解读】

    本诗描写了落叶辞别大树的悲伤心境。落叶是一种自然现象，大部分落叶植物一般在秋天开始落叶，叶子从树上落下，随风飘舞，也代表深秋后，冬天即将到来。作者从另一个角度看问题，严寒来临，有些树为了自己更好地越冬，抛弃了与自己朝夕相伴的叶子，明哲保身，这是多么令人寒心的事情呢！你会说，冬天的树哪有不落叶的？有，松柏就叶树共存，不离不弃。松柏的这种品质不正是人们需要学习的吗？这首诗首句描写了大树和落叶的关系，次句描写了大树树叶落光的样子。落叶伤心而去了，质问裸树：你为何那么铁心肠呢？

92.

真　金

一笔无法写成金，
三金叠起便是鑫。
真金不怕火来炼，
日久天长见人心。

【解读】

　　有谚语云："真金不怕火炼。"又有谚语云："路遥知马力，日久见人心。"作者是在一场与一位在医学界有突出贡献的金姓朋友聚会中写下这首诗的。同是金姓，欢聚一堂，都是真心相待的老朋友。作者兴起之余，当场写下此诗。一笔无法写成金，笔画多少都不行。三金相加，金虽然多了，可加起来就不是金字了，叠成鑫了。金就是金，多一划少一划都不是。真正的友谊，不是奉承与吹嘘；朴素，真诚，付出，担当才是友谊的组成部分。真正的友谊是经得起时间和挫折考验的。

93.
从头过

错，错，错，
人生从头过。
只要童心在，
乐，乐，乐。

【解读】

    本诗的语言、题材及所蕴含的哲理都自成一体，简短而有意趣。语言上，"错，错，错"及"乐，乐，乐"遥相呼应，独具一格；意义上，"错，错，错，人生从头过"，人生的路上会经历很多风雨，经历很多挫折，也不可避免地会犯各种错误，但只要童心未泯，就能始终感受到生活中的乐趣，也正是"只要童心在，乐，乐，乐"。

94.

奋 斗

人要有志树要皮，
少不奋斗暮叹息。
河水一去不复返，
当下时光要珍惜。

【解读】

　　"人要脸，树要皮"，这是古训了，啥是"脸"呢，本诗作者给出了他的答案："有志！"有志就要奋斗，只有奋斗，才能实现伟大的志向；少年不奋斗，等到垂垂老矣，只能空余叹息。"子在川上曰：逝者如斯夫，不舍昼夜！"作者感慨时光如流水一般，逝去便不再复返。本诗最后两句也抒发了这种情感，并进一步劝诫读者要珍惜时光，使本诗的主题得到了升华。

95.
真　情

情鸟一对树上依，
枪响一只落下地。
痛失爱侣不自飞，
犹守身旁悲鸣泣。

【解读】

　　本诗以"真情"为题目，实际上描述了一种理想化的"爱情"。描述的是有一对热恋中的鸟儿，一声枪响，其中的一只鸟中枪落下地来；另一只鸟没有像普通常见的情形一样，独自逃飞，而是独自守在爱侣的身旁，悲伤的鸣叫哭泣。本诗描写的爱情真挚、感人，达到了一种理想化的境界，世上有这样的爱情吗？答案是肯定的。

96.

水与舟

民为重，君为轻，
轻重颠，失太平。
水需深，舟可行，
水若浅，舟则停。

【解读】

　　本诗生动地描写了水与舟的关系，表面是在写"水与舟"，实际上是在写"民与君"。"民贵君轻"的思想是由孟子提出的，是一种朴素而先进的民主思想。以民为贵则举世太平，如果以君为贵，轻重颠倒，则会失去太平。就像水与舟一样，水深才能行舟，水浅则注定搁浅。舟是谁？舟是统治者；水是谁？水是老百姓。"水能载舟，亦能覆舟"，不是同样的道理吗？

97.

思　母

雪融鞋湿透，
脱靴上炕头。
梦中醒来时，
慈母烤靴候。

【解读】

　　作者思念自己的母亲，从而写下了这首诗。作者没有写惊天动地的大事情，而是写了慈母烤靴这样一件小事。孩童自外边踏雪归来，残留在鞋上的雪融化成水，将鞋湿透了。孩子脱掉鞋子，躺在炕头取暖，渐渐睡着了。醒来时，看见母亲在炉火边，仔细地烤着靴子，等着孩子睡醒。本诗从小处着眼，字里行间洋溢而出的，是母爱的伟大。诗的写法值得借鉴，诗的精神让人动容。

98.
疯

梅雨锁天窗外候，
思君痴情心湿透。
未待雨停人已疯，
盼到日出是空楼。

【解读】

　　本诗以"疯"字为题，描写了人在疯狂思念、疯狂相思的时候是什么样子的。本诗写的就是一幅在梅雨天气里，一位思念郎君的女子因为极度相思而相思成疯的情形。以梅雨开头，寓意相思绵绵，没有尽头，而郎君何在，也无音信；未待雨停，人已经疯了。雨停之后，等来的却是人去空楼。颇有"此恨绵绵无绝期"之憾啊！

99.

自　贵

天若有情天自醉，
人若无情谁怕谁。
世间最难平常心，
一言一行当自贵。

【解读】

　　自贵，就是自己感到自己的尊贵。我们常用的词有自信、自
尊、自强、自立、自豪，但自贵却没那么常用。本诗就写了自贵的
必要性和自贵相关的要求。天若有情，老天也会自我陶醉；人若无
情，那就真是无所畏惧了。作者奉劝人们要和睦相处，人人都要有
一颗平常心，言行一致，方能自贵。

100.

缘　深

两人相爱缘分起，
相思何需千万里。
夫妻恩爱两不离，
朝朝暮暮心相惜。

【解读】

如果两人真的相爱，那么两人就是有缘分；如果两人真有缘分，那么又何须相距千万里才有真诚的思念呢？夫妻之间，恩爱有余；朝朝暮暮，惺惺相惜。纵然每日耳鬓厮磨，也从不曾厌倦，相反，越近越思念，越近越恩爱！本诗描写了夫妻之间的缘分和情感。

101.
岁月无情

年少不知老来恨，
无所事事整日混。
岁月无情催人老，
风烛残年无人问。

【解读】

　　少年时代，无所事事，整天混日子，不知道时光老去以后，会有那么多的遗恨。当岁月匆匆，飞逝而过，人也渐渐变老了。等到了风烛残年，便无事可做，也无能力去做，也没有人来问候。这首诗就是描写了这样一幅少年不奋斗、晚年空凄凉的悲伤场景。本诗取名为"岁月无情"，当真就是如此啊；岁月如飞刀，刀刀催人老！年轻人，请珍惜你的时光，尽快奋斗吧！

102.

天外趣

步态渐慢发已霜，
闲读古书常思量。
暮年方知天外趣，
不失人生好时光。

【解读】

少年有少年人的忧愁，老年有老年人的快乐。年老了，有时间，有条件可以读书了，博览群书，通晓古今，不也是一种乐趣吗？本诗就是描写了人到老年的时候，突然发现人生还有这样的乐趣，真是天外之乐。所谓天外趣，说的也就是那种意想不到而又非凡的乐趣吧。老年人步态蹒跚，走不动了；满头白发，鬓已星星也；手捧古书，掩卷常思索；及至暮年，终可享受片刻；完全放松下来以后，方知人生还有这样的欢乐！暮年之乐，真乃天外之乐，同样令人羡慕和不舍，故要珍惜和享受这段时光。

103.

好　酒

好酒不上头，
好事不用愁。
好玉不用琢，
好人会长寿。

【解读】

　　本诗题目虽为"好酒"，但主题却在一个"好"字，并接连用了四个"好"字，写了四件美"好"的事物。好酒，好事，好玉，好人，四个好，每个好都是那么吸引人。好酒是多少热血男人的挚爱；好事是所有人的共同向往；好玉是千年流传的中华瑰宝；好人呢，好人就要一生平安，多福多寿。四个"好"，是多少人的共同追求，是多少人的共同期待！前三"好"都是经有非凡身世的结果，眼下，我们自己要做的，就是尽量去做一个"好人"，善始善终。

104.
劲 草

大雪纷飞天茫茫，
满山遍野裹银装。
雁鹤早已他乡去，
劲草独自傲风霜。

【解读】

　　本诗描写的是霜雪之中，劲草迎风傲霜的不屈形象。大雪纷纷扬扬，天地一片茫茫，遥望漫山遍野，全部裹上了厚厚的银装。此时，大雁和飞鹤，早已远走他乡，迁往温暖的南方；只剩下瑟瑟寒风中，枯黄的劲草，还在独自迎风傲霜。劲草，在刺骨严寒的世界里，何其寂寞，又何其倔强；何其孤独，又何其豪壮！本诗也以劲草比喻在困境中坚贞不屈的英雄。

105.

山

一山远去一山在，
开荒种地从头来。
两耳不闻过来风，
新山景色更精彩。

【解读】

　　本诗以"山"为题，表面写的是看山，实质上却是在写生命中
已经过去的事。尽管远去的山曾被你经营的万紫千红，但那已是往
事了。生命就像一场旅行，我们沿着时光的脉络向前，看着一山又
一山各式各样的景色远去，不必留恋，不必悲伤，也不应再过问往
事了。山外有山，你若有意，新山正等待着你去开荒播种，并一定
会有丰硕的收获。本诗告诉我们：抛开过去，一直向前看！

106.

天 漏

电闪雷鸣撕破天，
倾盆大雨倒人间。
沟满壕平河泛滥，
急盼方舟到身边。

【解读】

　　本诗的题目是《天漏》，顾名思义，天空都漏了，这令人惊诧与好奇：具体发生了什么呢？看过本诗的内容才知道，天漏的意思就是下大雨了。盛夏时节，雷公发怒，电闪雷鸣，把天空撕了一个大口子，所以，天漏了，倾盆大雨顷刻间全部灌倒在人间。刹那间沟满壕平，河水泛滥，此时，多么期待有一艘挪亚方舟那样的大船，能够拯救这世间的生灵。这首诗想象奇特，用词不俗，实为佳作。

107.
落　日

日落西山暮色稠，
伫立岸边望尽头。
男儿有泪不轻弹，
海风拂面不润喉。

【解读】

在日落的黄昏时候，夕阳西下，暮色浓稠，诗人伫立在大海海
边，遥望着天的尽头。此时，孤独寂寞，万般思绪，一起涌向诗
人的心头。男儿有泪不轻弹，原本是只因未到伤心处。此刻，因
为迎着苦涩的海风，那夹杂着咸涩海水的空气，吹到脸上，吹到嗓
子里，不仅不能润喉，还更加让人感觉到苦涩与咸愁！本诗格调低
沉，显露出诗人的无奈与孤独。

108.
落 叶

寒风掠过万树空，
依依惜别临初冬。
枯叶忍痛随风去，
侧目来年叶又生。

【解读】

　　这是作者写的又一首落叶诗，一方面写出了落叶依依惜别大树的不舍之情，另一方面还写出了落叶被大树抛弃后忍看新叶再生的落寞与不甘。前面两句写的是初冬时节，寒风飞掠，万树皆空，树叶尽脱，落叶虽不舍，但也无能为力；它们只能侧目看着大树，来年又有新叶再生，但那已是此叶非彼叶了。本诗中"侧目"一词形象而生动，充分体现了落叶离开的不甘及作者遣词的用心。

109.

大　家

数台手术连续做，
回家已是晚饭过。
窗前读书星月陪，
修改论文一大摞。

【解读】

什么是医学大家？医学大家既要手术做得好，还要学术搞得好。光做手术那叫开刀匠，光做学术那叫医学科研工作者，集两者于一体才是真正的医学大家！本首诗就写了医学大家的日常情况：做了一天手术，披星戴月回到家，连晚饭都错过了；该休息了吗？怎么能够呢，还要继续读书学习查找文献，还有一大摞硕士、博士、博士后的学术论文等着他们修改呢！

110.

大 雪

大河封冻千层冰，
鹖旦止舞已不鸣。
屋里热粥素心暖，
衾中读书到天明。

【解读】

　　本诗中作者字面上是写关于大雪天屋内读书的温馨场景，但诗的巧妙之处是全诗并没有出现一个"雪"字，却将大雪的意境烘托得淋漓尽致。作者是怎么突出大雪的呢？首先，大河冰封，鹖旦止鸣，描绘出了一幅天寒地冻的景象，这正时值中国二十四节气中的"大雪"。读到这里才明白，作者写的大雪，是写大雪节气的这天。中国北方，大雪节气时大河封冻，非常冷；后两句转而用室内的温暖反衬屋外的寒冷，热粥、素心、暖衾、读书，描写了简室内辛勤读书的景象，而且读书到天明，这个读书人是多么用功，而又多么享受读书啊！为什么要写喝粥呢？因为大雪节气那天要喝粥的，就像春节晚上要吃水饺一样，是风俗。

111.

敬 业

多台手术连续忙，
年少养成工作狂。
三百六十选一行，
不知他菜也很香。

【解读】

　　作者是一名外科医生，而且是一名非常成功的外科医生，从年轻时起，就一直忙碌于临床工作及手术操作，正如本诗中所说：多台手术连续忙，年少养成工作狂。应该说，作者对自己的本职工作是喜欢的，在自己的工作领域也是成功的。但后两句话锋一转，感叹在三百六十行中，作者也只是选择了行医这一行而已，岂不知在其他行业，自然都会有它们吸引人的地方，同样可以施展才华，同样也可以有所作为。

112.

高铁颂

济南青岛高铁通，
西海岸畔房一栋。
科技缩短生活圈，
两城之间四刻钟。

【解读】

  中国高铁的发展速度同中国经济的发展速度是一脉相承的，同样令世界瞩目。作者有感于青岛与济南两城之间便捷的交通，从而引发了对高铁的赞美之情。青岛与济南通高铁后，作者往返于济南与青岛，如此遥远的距离，单程只需不到两个小时。这样的便捷来源于什么呢？来源于科技的发展啊！科技改变生活，科技创造未来，此言非虚。

113.

奋 青

悬崖峭壁出雏鹰，
傲视天空很奋青。
初展双翅掠苍穹，
不知世上有暴风。

【解读】

　　"奋青"，是奋斗的青年；另有一词叫"愤青"，是愤怒的青年。本诗写的是奋斗之青，主角是一只雏鹰。悬崖峭壁之上，有一只雏鹰，傲视天空，很兴奋，对未来也很憧憬；它第一次去飞翔时，便决心用双翅搏击苍穹，岂不知，世上会有很多暴雨狂风。这首诗意在勉励"初生牛犊不怕虎"的青年人既要勇闯天涯，也要谨慎小心，切不可轻举妄动。

114.

农 民

少女拉犁头近土，
父握犁耙后跟母。
一步一晃点种谷，
农民世代这般苦。

【解读】

　　这首诗描写了一户农民一家三口在田中辛勤劳作的一个场景，只是几个细节，几个动作，就将农民的辛苦淋漓尽致地写了出来。首先是少女，拉犁时因为使劲要猛弯着腰，几乎把头埋进土里；父亲紧握着犁耙，后面跟着一步一晃点种稻谷的母亲。寥寥数语，但让人印象深刻。最后，诗人用一句"农民世代这般苦"，朴素而又深刻地表达了作者对农民的深切同情。

115.

朝　阳

朝阳红透半边天，
万水千山已尽染。
春风得意马蹄疾，
挥鞭时空数百年。

【解读】

　　本诗描写的是朝阳东升、人间尽染的灿烂画面。前两句以写景
为主：早晨的太阳渐渐升起，红透了半边天际；千山万水，大好河
山，尽是红彤彤的光辉一片。后两句是以抒情为主，描述的是一种
轻松愉悦的心情。第四句乃承接"马蹄"之说，以"挥鞭"展开想
象，超越了时空的局限，颇有"东临碣石"和"魏武挥鞭"的豪情
壮志！

116.

红宝石

金秋七月似梦中，
红宝石坠挂前胸。
春月已去桂花香，
宝石还是那样红。

【解读】

本诗是作者吟咏宝石的组诗之一。红宝石是所有宝石中最珍贵的，它那炽热的红色总和爱情联系在一起，被称为"爱情之石"。红宝石还是"七月生辰石"，所以在本诗中，作者说"七月"似梦中。如此说来，红宝石怎不让人喜爱"挂前胸"呢？

117.

蓝宝石

日月蓝星天穷词，
难寻天下蓝宝石。
有缘千年能相会，
朝朝暮暮等此时。

【解读】

　　本诗主要描写和歌颂了蓝宝石。暗喻爱情如蓝宝石一样难得与珍贵。蓝宝石属刚玉族矿物。宝石界将红宝石之外的各色宝石级刚玉称为蓝宝石，如蓝色、淡蓝色、绿色、黄色、灰色、无色等，均称为蓝宝石。蓝宝石象征忠诚、坚贞、慈爱和诚实。星光蓝宝石又被称为"命运之石"，能保佑佩戴者平安，并让人交好运。人们认为佩戴蓝宝石可使人免受罪恶的伤害，并且会带来好运气。

118.

钻 石

地上钻石天上星，
纯洁透明最坚硬。
一生钻戒送一人，
永世挚爱存真情。

【解读】

　　璀璨夺目的天然钻石象征永恒的爱情。我们常说的钻石的原身叫金刚石，它是一种由碳元素组成的矿物，是自然界中天然存在的最坚硬的物质。它的用途非常广泛，可以打磨雕琢成为贵重的宝石。钻石由于折射率高，在灯光下显得闪闪生辉，深受人们喜爱。巨型美钻更是价值连城。本诗就写出了钻石的"最坚硬"和"存真情"，用以说明了钻石的物理性质和人们赋予它的美好的情感。

119.
玉

明月西斜夜已深，
手抚玉镯思郎君。
风掠芭蕉窗前影，
泪水已湿枕上巾。

【解读】

　　本诗虽然以"玉"为题目，写的却是一位女性在月夜思念郎君的情景。明月渐渐西斜，夜色已经深了，一位年轻的女性独自躺在床上，抚摸着手腕上的玉镯，思念那个送给她玉镯的郎君。清风掠过芭蕉，疏影在窗前摇曳，她的眼中不禁流出了泪水，泪水顺着脸庞滑落，浸湿了枕上巾。本诗意境优美而伤感，令人心动也心碎。

120.
彷　徨

三十毕业发已荒，
前途遥遥路迷茫。
鸿鹄不知何处去，
天高风急仍彷徨。

【解读】

　　作者总共带教医学研究生一百余名，深知学生的辛苦与无奈。学医的学生们学制一般比较长，本科五年，硕士研究生三年，博士研究生四年，如果十八岁上大学，最快也要三十岁才能博士毕业。所以，诗中说"三十毕业发已荒"，但前路却遥不可及，十分渺茫。这首诗表达了作者对学生的爱惜与同情，但同时也是一种警醒与鞭策。

121.

植　树

春风驱冬急，
沙尘漫天起。
欲求百花艳，
植树建林堤。

【解读】

　　没有树的世界是什么样子的？春风一来，我们看不到"二月春风似剪刀"，只能看到沙尘漫天起。想要看到绿树成荫、百花争艳的世界，就要坚持不懈的植树造林，建设绿堤。

122.

思　乡

江水入海流，
漂泊天尽头。
月悬夜幕中，
思乡望北斗。

【解读】

　　本诗描写了作者的思乡之情。思乡是通过什么来体现的呢？通过看到江水滔滔，而想到故乡的大海；通过想到故乡的大海，而想到自己是漂泊异乡的游子。游子怎样才能看到故乡的景物呢？莫过于"举头望明月，低头思故乡"了，莫过于望着高悬夜幕中的北斗星，牢牢指引着家的方向。"思乡望北斗"一句，颇值得吟咏与回味。

123.
无　奈

心有一团火，
落雨却奈何。
鞋面被雨湿，
举伞匆匆过。

【解读】

什么是无奈？作者这首诗就通过描写雨落浇灭心头火，生动而具体地描写了这种抽象的心情。作者心里有火（作者想要有所作为），奈何天要下雨把鞋面湿透（现实中困境重重叠叠），更奈汝何？只能静静的忍受啊，默默打一把雨伞，匆匆从雨中经过。

124.

春　急

一夜喜雨绿满目，
百花待放耐不住。
风解花蕾飘芳香，
春回大地万物苏。

【解读】

　　写春天的诗很多，最著名的篇章就是杜甫的《春夜喜雨》了："好雨知时节，当春乃发生。随风潜入夜，润物细无声。野径云俱黑，江船火独明。晓看红湿处，花重锦官城。"再读一下本诗，描述的也是春夜喜雨、百花争放、风吹花香、万物复苏的繁忙景象，这样的春天，还真是有点"急"呢，也和杜诗的意境有异曲同工之妙吧。

125.

红　枫

满山绿叶一簇枫，
此枫生来就是红。
不需秋风来梳妆，
祖上区别就不同。

【解读】

　　作者本首诗写的红枫，不是一到秋天叶子才变红的红枫，而是
常年都有红叶的红枫。这种红枫点缀在满山绿叶之中，生来就具有
红色的树叶，为什么不用等到秋天树叶就变红呢？因为此种枫树在
祖上就和彼种枫树不同。作者以轻松的诗句，描写了红枫的特征，
并且得出了简单的道理：事物间的不同是由基因的不同所决定的。
正因为本质有区别，才造就了这些事物外在表现的不同。

126.

松　柏

万年柏树千年松，
冷看光阴苦匆匆。
寒风凛冽不足惧，
还怕几个毛毛虫。

【解读】

　　子曰："岁寒，然后知松柏之后凋也。"本诗就描写了松柏历经千万年的长久时光后，早已习惯了光阴匆匆，冷眼看着人世变更。松柏不惧寒风凛冽，又怎会害怕几个毛毛虫呢！本诗以松柏比喻英雄，以寒风比喻生活中的困境，以毛毛虫比喻英雄遇到的小人，歌颂了英雄不惧困难、不惧小人的坚强品性。末句以轻蔑的语气道出了对小人的不屑。

127.

懒 人

一场秋雨一层凉，
一夜秋风一山黄。
鸟儿都知储冬粮，
懒人还在晒太阳。

【解读】

　　什么是懒人呢？就是不干活整天晒太阳的人。本诗从气候和环境写起，写的是秋雨过后，天气渐凉；秋风扫过，枝叶枯黄；眼看冬天就要来了。这个时候，连小鸟都知道要开始储存过冬的粮食了，那懒汉呢，没有丝毫的危机意识，还在懒洋洋地晒着太阳。本诗讽刺了生活中的懒汉，告诉人们要善于发现生活的变化，居安思危，勤劳为本。

128.

怀　念

清风飘香圆月明，
举杯把酒院中亭。
昔日同窗漂如萍，
小院深深溢柔情。

【解读】

　　这是一首怀念同窗的诗。一轮圆月在中空悬挂，清风吹过，带来丰收的香气；举酒独酌，在小院的亭子里闲坐；回想起昔日的同窗好友，像浮萍一样漂泊在四方；只留我独坐在小院里，满溢了往日的柔情。作为一首思念故友的诗歌，本诗重点描绘了清风、圆月、饮酒、庭院这一些满溢感情的景物，读来朗朗上口，友情真挚感人。

129.

过　年

爆竹声声午夜钟，
岁岁月月又一冬。
守年祈福到天明，
门前梅花傲雪中。

【解读】

　　过年是一年一度的大事件，是最重要的中华传统节日，本诗就从过年期间标志性的景物及事件写起，生动展现了过年的隆重与温馨。爆竹声声，在过去是必不可少的，但是如今暂时是不允许燃放鞭炮了；零点钟声也是过年的标志；守岁、祈福，是对来年的希冀及祝愿。末句以梅花傲雪中结尾，给人清丽、圣洁的感觉，让过年的气氛更加隆重、高雅。

130.

迎春花

白雪皑皑压枝头，
日光清冷黄花瘦。
欲闻深山泉水流，
春风匆匆来问候。

【解读】

    本诗写的是迎春花。迎春花，顾名思义，乃是迎接春天的花。当皑皑白雪还重重地压在大树枝头的时候，迎春花就在清冷的阳光下悄悄开放了。想要听到深山泉水流过的声音，只能等待春天冰雪融化之时。迎春花端庄秀丽，气质非凡，具有不畏寒威，不择风土，适应性强的特点，历来为人们所喜爱。

131.

月 季

叶缘有齿身有刺,
四季花开粉黄紫。
枝条插地即成嗣,
百花坛里是娇子。

【解读】

宋代张耒曾赋《月季》云:"月季只应天上物,四时荣谢色常
同。"诗人杨万里《腊前月季》曰:"只道花无十日红,此花无日不
春风。"宋代史弥宁也写过《赋栖真观月季》:"不逐群芳更代谢,
一生享用四时春。"本诗咏月季,强调了月季的色彩缤纷及易于成
活,最后赞曰"百花坛里是娇子"暗喻人有时也应该学习一下植物
的品格。

132.

山茶花

窗外飞雪千树挂，
室内盛开山茶花。
不问世事是与非，
寒舍邀友细品茶。

【解读】

　　本诗写了山茶花冬天在室内盛开的情景。窗外飞雪，正是隆冬时节，然而，室内的山茶花却丝毫没有受到严寒的影响，正在悠闲地盛开。后两句则写明了作者恬淡平静、与世无争的心境，在这样的隆冬时节，一间寒舍，两三好友，欢聚一起，赏花品茶，不问人间是非，与我皆是浮云，岂非快哉？

133.
兰　花

庭院深处兰花香，
阳光缕缕暖书房。
博览群书享人生，
写出世间好文章。

【解读】

　　本诗咏兰花，描写了庭院深处阳光缕缕，兰花飘香沁人心脾的
美好意境。本诗写庭院而引出了兰花，写兰花而引出了书房，写书
房而引出了读书和人生，进而立志要博览群书，发奋学习，享受人
生好时光，写出世间好文章。后两句似乎与兰花无关，但格调更
高，意境更远，不也是歌颂兰花的品格吗？

134.

仙人掌

刺身柔心扎荒漠，

炎热无雨照样活。

天生一身好风骨，

只是此生太寂寞。

【解读】

本诗咏仙人掌，写出了仙人掌的生活习性和品格特征。仙人掌表面带刺，内心却是柔软的。它的表面坚硬如铁，而且不惧干旱，孤身生活在荒漠之中，所以仙人掌的花语是坚强。作者首先称赞仙人掌"天生一身好风骨"，但话锋一转，却又叹息仙人掌"此生太寂寞"。后两句淋漓尽致的写出了仙人掌的坚强品质，也渲染了这种寂寞中的不俗与高洁。

135.

石榴红

别庭幽幽石榴红，
追逐嬉闹见顽童。
银杏叶间鸣喜鹊，
老翁静卧沐浴中。

【解读】

    石榴的果实成熟以后，表面呈殷红色，那种透亮纯净的红色，鲜红欲滴，令人喜爱。本诗作者描写了石榴红，以及在石榴树下追逐嬉闹的顽童。在银杏叶间，喜鹊相鸣，树下有一个老者，静卧在阳光里，沐浴在祥和中。本诗选择石榴和银杏树这两种植物颇有寓意。前者代表子孙满堂，多子多福；后者代表健康长寿，可见作者寓意之深。文法上正面写石榴红，侧面写顽童的可爱与老者的静穆，两者相映成趣，这样的场景令人怦然心动。

136.

玉兰花

万树裸枝春仍寒，
红白黄处是玉兰。
微风轻拂花枝间，
笑迎百花自烂漫。

【解读】

玉兰花外形极像莲花，但颜色各异，红、白、黄都有，色彩细腻。盛开时，花瓣展向四方，使庭院青白片片十分耀眼，具有很高的观赏价值；再加上清香阵阵，沁人心脾，实为美化庭院的理想花卉。花开时异常惊艳，满树花香，玉兰花虽然盛开绚烂，但是花期短暂，盛于春寒，代表着一往无前的志气和决绝的孤勇，在百花之中自有烂漫之姿。

137.

连翘花

春风习习过重山，
黄花簇簇连成片。
忽闻阵阵山雀鸣，
花香扑扑轻拂面。

【解读】

本诗咏连翘花，在写作的形式上有一定的新意。本诗每句皆有叠字，用以形容春风、黄花、山雀、花香，有一定的意趣和美感。连翘花又名青翘，属多年生落叶灌木，它最为人熟知的是可作中药材料，以果实供药用，具有清热解毒、利尿排石等功效。本诗主要描写了连翘花在春天遍地盛开的热闹景象，与春色、春景自成一体，让人感到舒适而美丽。

138.

鱼 欢

池水清冽鱼嬉窜，

无视岸上众人观。

欲问鱼儿有愁否，

吾知鱼儿自有欢。

【解读】

作者看到鱼池里追逐嬉戏的鱼儿，写下了这首诗。前两句单纯描写了鱼儿嬉闹的场面。后两句作者就引申出了自己的思考：鱼儿会有忧愁吗？鱼儿的欢乐在哪里呢？这个话题很多哲学家都思考、讨论过。在《庄子》之《秋水》篇中，惠子曰："子非鱼，安知鱼之乐？"庄子曰："子非我，安知我不知鱼之乐？"惠子曰："我非子，固不知子矣；子固非鱼也，子之不知鱼之乐，全矣。"作者的答案很明确：鱼儿自有鱼儿的快乐。

139.
辞旧迎新

瑞雪兆丰年，
除夕鞭炮连。
水饺喜酒宴，
辞旧迎新年。

元日晨更起，
增岁第一天。
穿上新衣服，
见面互拜年。

【解读】

除夕和元旦是中国传统节日，除夕是辞旧，元旦是迎新。本诗上阕写除夕辞旧，下阕写元旦迎新，并以辞旧迎新中几个最重要的事物为标志，鞭炮、水饺、拜年还有穿新衣，生动描绘了人们辞旧迎新的喜悦之情。

140.
雄　鹰

鹰击长空百鸟惊，
俯瞰众山万物轻。
谁人江山谁主宰，
怎容外来称霸雄。

【解读】

　　"雄鹰展翅翱翔，飞在蓝天上；青草依依，绿在山梁。炊烟轻飘荡，山泉弯弯，遍地牛羊，无边绿草场。我想化作一只雄鹰，自由去飞翔；我想变成一朵白云，守护我家乡。"这是孙国庆演唱的歌曲《雄鹰》的一部分歌词。雄鹰带给人的永远是无边的自由和向往。本诗着重描写了雄鹰俯瞰万物、舍我其谁的英姿，读来也让人无限憧憬！

141.
茶 凉

同事朋友曾经有，
阿谀奉承多忽悠。
瑟瑟疾风知劲草，
凉茶犹在人已走。

【解读】

　　"人一走，茶就凉"，来自汪曾祺写的《沙家浜》唱词："人一走，茶就凉，有什么周详不周详。"表面意思是说倒了一杯招待客人的热茶，客人走了，没有喝的这杯热茶，时间久了自然就凉了，寓意世态炎凉、人情淡漠。

142.

端　午

春雨霏霏伴端午，
思念悠悠扎艾束。
上粽细细品黏米，
祖人安安垂千古。

【解读】

　　这首诗意在吟咏端午。端午节是上古先民创立的用于祭祖的
节日。传说战国时期的楚国诗人屈原在五月五日跳汨罗江自尽，后
来人们亦将端午节作为纪念屈原的节日。端午节的习俗主要有赛龙
舟、悬挂艾草与菖蒲、吃粽子、佩带香囊等。本诗主要写了春雨、
艾束、黏米几个代表端午的物象，且均以叠词描述，很有特点；最
后一句反映了端午节的核心价值：纪念先祖，使本诗的主题思想得
以升华。

143.

紫　藤

紫气东来挂满藤，
微风徐徐蜜蜂嘤。
一年之计在于春，
丰收之喜源于耕。

【解读】

　　本诗以紫藤比喻紫气，以紫气东来比喻吉祥的征兆。传说老子过函谷关之前，关令尹喜见有紫气从东而来，知道将有圣人过关，果然老子骑着青牛而来。次句中蜜蜂在紫藤间嘤嘤劳作，一年之计在于春，那么一生之计在于什么呢？那就是"勤"。只有勤劳，才会丰收，末句之"耕"字便是对"勤"字的阐释。

144.

钟

钟在于准，
人在于忠。
钟若不准乱时空，
人若不忠毁一生。

【解读】

时钟存在的意义在于能准确地告知时间，人们在生活中的核心价值在于忠诚，上能忠于自己的国家、民族，下能忠于自己的单位、同事，向内还要忠于自己的内心。时钟如果不准，时间就乱了；人的心中如果没有忠诚，人就会偏离正确的方向，最终会毁了自己的一生英名，留下历史的骂名，留下别人的谴责，也留下自己的遗憾。

145.

听 雨

夜晚听雨雨有声，
彻夜未眠忘时钟。
世间琐事眼前过，
窗开扑进是清风。

【解读】

　　夜晚雨声淅淅沥沥，作者辗转反侧，思绪难平，忘了时间。那些烦心的琐事思来想去本没有头绪，却忽然在静夜的雨声中，豁然开朗了。这世间琐事不过像眼前的烟云一样，徒劳费神罢了，一阵风过，不就消散得无影无踪了吗。我们不要把自己的心房关起来，那样只会剪不断，理还乱，我们应该打开心灵的窗户，让清风吹进来，烦恼自然也就烟消云散。

146.

攀　山

人生犹如爬山岭，
日落西山才到顶。
浑身疲惫已无力，
只求睡到自然醒。

【解读】

　　人生的道路曲折跌宕，就像爬山一样，是非常辛苦的。在爬山的路上，有的人匆匆而上，站到顶端看到的却是缥缈的云烟以及他人的过往；有的人脚步稳健，一路走过来看尽路边景色，等最后来到山顶又可获得另外一份美景。只是谁的人生不辛苦呢？真正到了山顶可以歇歇的时候，已没了那么大的劲头了，只有"一觉睡到自然醒"这个看似很简单的心愿了。从另一个角度来说，只有成功的人才能主动掌握自己的生活，才能够享受到"一觉睡到自然醒"的乐趣。

147.

雾 中

山路崎岖雾蒙蒙，

不知东西南北中。

欲求仙人来指路，

忽然吹来一阵风。

【解读】

　　"仙人指路"是黄山的一道风景，又称"仙人指路石"或者
"仙人指路峰"。伴随这道风景的，还有一个故事和一首哲理诗：
"踏遍黄山没见仙，只怪名利藏心间，劝君改走勤奋路，包你余生
赛神仙。"本诗写雾，象征写了某种迷途，而一阵风来，则烟雾散
尽，象征某些醍醐灌顶、云开见日的点拨，让人欣慰，更让人思
索。

148.

蓄　力

众溪汇聚河常流，
登峰只能靠步走。
学海无涯苦作舟，
用时方能展身手。

【解读】

　　大河为什么能长流不息？那是因为有无数溪流的汇聚；人如何才能登上高高的顶峰？只有靠我们的双脚步步攀登。"书山有路勤为径，学海无涯苦作舟。"只有平时注重积累，用时方能大显身手。"蓄力"的核心在于积累，讲究厚积而薄发！荀子曰："故不积跬步，无以至千里；不积小流，无以成江海。"老子曰："合抱之木，生于毫末；九层之台，起于累土；千里之行，始于足下。"都是这个道理。

149.
学　习

少年贪玩不读书，
长大必然犯糊涂。
人生不可无长志，
只有学习有前途。

【解读】

　　读书、学习历来是诗人劝勉少年的主题之一，欧阳修就曾说："立身以立学为先，立学以读书为本。"少年人啊，你切莫只贪玩，不读书，不然长大以后必然稀里糊涂，不会做事，没有前途。人生不可以没有远大的志向，只有通过艰苦的学习，才能实现自己的理想。本诗用语通俗易懂，但道理深刻，是一首勉励年轻人勤奋学习的佳作。

150.
老

树老上千年，
人老百年限。
若无长久志，
心老就几天。

【解读】

衰老是自然界的普遍现象及规律。一棵大树，可屹立上千年才最终老去；一个人，最多百年之内也便垂垂老矣了。但这两种衰老，还只是生理意义上的、身体层面的衰老，真正的衰老是心灵的衰老。支持人前行的动力，主要是伟大的志向，如果一个人失去了志向，那么，真正的衰老在几天之内就可以来到。该诗语言简单，但道理深刻，勉励人们要树立远大的志向，正所谓"三军可夺帅也，匹夫不可夺志也。"

151.

有　才

识达古今守若愚，
用时聪明静时虚。
倘若有才必有用，
何愁伯乐不识驹。

【解读】

　　本诗描写了真正有才能的人不仅有才，而且都很谦虚，他们的有才都是在用到才能的时候显现出来的，平常都会谦虚谨慎，不会狂妄自大。如果一个人真的具有某种才能，一定会在用到这种才能的时候显现出来，又何苦忧愁没有人认识到自己的才能呢？这首诗指明"天生我材必有用"，大智若愚，静待时机，机会一到，一鸣惊人！

152.

成　功

人生苦短求成功，
你成功，他成功，
钱成功，权成功，
求人就是不成功。

【解读】

这首诗虽小，却探讨了一个大话题：什么是成功？这是个许多人都在思考和讨论的老问题，然而每个人对成功的认识却又不同。央视主持人王志曾说过成功是相对的，每个人都有自己的成功标准。有的人认为有钱、有权、有房、有车，就是成功。作者认为什么是成功呢？本诗并没有从正面给出答案，但作者指出：求人就是不成功。看来，作者认为这世界上没有真正的成功，因为，谁又能真正做到不求人呢？这个真的很难！

153.

回母校

天寒地冻浪涛歇，
青岛同学情谊切。
今宵聚会酒已浓，
来日方长再相约。

【解读】

　　本诗写了寒冷的冬季青岛同学聚会的情景。简简单单四句诗，浓浓满满同学情。天寒地冻的隆冬时节，浪涛也已经停歇。今宵聚会，我们已经喝得有些醉意了；天下没有不散的筵席，来日方长，亲爱的同学们，我们一定要再次相约。诗人的多首诗都描写了浓浓的同学情谊，深切表达了作者对大学时光的眷恋与怀念。

154.

和 谐

地冻河封雪堵门，
人活世上情谊深。
富人穷人都是人，
和睦相处才是真。

【解读】

这首诗探讨了什么是和谐，以及富人穷人应如何相处。人活一世，穷富并不单纯是自己的选择，虽说"条条大道通罗马"，但确实有些人一出生就生在罗马，根本不用自己去奋斗。不管富人穷人，都会遇到人生的困境，比如，生老病老、失败和打击，那人与人之间相处最重要的是什么呢？是谁也不要看不起谁，人与人相处讲究一个"情"字，以真情相待，才会和睦相处。

155.

山大颂

山高水长金光彩，
东风劲吹门自开。
大树参天桃花园，
学子莘莘李树栽。
百家争鸣誉海外，
年丰学业满车载。
名师名徒天外才，
校园深深下情怀。

【解读】

本诗是一首藏头诗，作者作为山东大学的著名外科教授，培养的山大学生多达一百余名，真正是桃李满天下，所以作者对山大也怀有很深的感情。本诗共八句，每句的第一个字连在一起，就是"山东大学，百年名校"，每句的第五个字连在一起，就是"金门桃李，誉满天下"，可谓遣词用字，用心良苦，充分表达了作者对大学的热爱，对学生的深情。

156.
下西坡

三十而立忙奔波，
忽见太阳下西坡。
名成利就欲尽孝，
父母却已驾鹤过。

【解读】

　　这首诗写出了"树欲静而风不止，子欲养而亲不待"的遗憾与无奈之情。孩子三十而立了，每日为了生活与事业打拼、奔波，不经意间，却见夕阳西下，岁月不返，老人已经等不到我们尽孝，就匆匆离开了。孩子功成名就了，父母却早已不在人世了。所以，尽孝要趁早，尽孝不光是物质上的，老人更加需要的是陪伴和关心，儿孙们共勉吧。

157.

雪　融

白雪皑皑阳光媚，
屋檐滴水形似泪。
伫立窗前远眺望，
惆怅已满四十岁。
人生弹指一挥间，
二十青春是最美。

【解读】

　　大雪之后，雪过天晴；屋檐上结的冰开始融化，形状就像滴滴清泪。作者站在窗前，眺望着远方，回忆着从前；转眼之间，大学毕业已经四十年了。人生真是弹指一挥间啊，什么时候是人生最美好的阶段呢？应该是二十几岁的青春岁月。年轻人，珍惜时光吧，珍惜你们也稍纵即逝的青春！

158.

远 天

极目楚天尽蔚蓝，
望断长云思绪远。
北风送雁东南去，
钟声探入冷霄寒。

【解读】

本诗题为"远天"，描写了蓝蓝天空、断长云、冷霄鸣钟、北风送雁的孤独画面。李煜曾作词《长相思》云："一重山，两重山。山远天高烟水寒，相思枫叶丹。菊花开，菊花残。塞雁高飞人未还，一帘风月闲。"全词写了一个思妇在秋日里苦忆离人，盼君归来的寂寞心绪。在画面和情感上，两诗略有相通之处；从格调上，本诗有清奇、高远之感。

159.
春

春天脚步细，
春联表心意。
春晚同期盼，
春节忙欢喜。
春运旅途急，
春卷肉炸起。
春雨贵如油，
春风吹树绿。
春眠不觉晓，
春装乱穿衣。
春梦似如真，
春游老少挤。
春心按不住，
春色收眼底。
春晖照人间，
春荒野菜稀。
春耕不偷闲，
春趣祖孙嬉。

【解读】

　　本诗以"春"为主题，描写出一幅春色洋溢、春意盎然的春日景象。春天，春联，春晚，春节，春运，春卷，春雨，春风，春眠，春装，春梦，春游，春心，春色，春晖，春荒，春耕，春趣，多么丰富而又美丽的春天的画卷！

160.

情未了

岁月奔波催白头，
时光飞逝匆匆走。
回首昔日老同学，
还是当初老感受。

【解读】

本诗以情未了为题，抒发了作者对老同学的感情。同学情是人生中最重要的情感之一。人间最珍贵是友情，最想要的是真情，最浪漫的是爱情，所有情感里面，最单纯、无私、长久的，就是同学情。同学情不用碰杯，同学情无须礼物，同学情是我们直到白发苍苍也不会忘记的。不管相距多远，分开多久，再见面时，还是情同手足的老感受！

161.

齐烟九点

泰山脉延黄河边，
齐烟九点落平原。
曙日红霞沐云天，
湖光山影伴清泉。

【解读】

唐朝诗人李贺《梦天》诗曰："遥望齐州九点烟，一泓海水杯中泻。""齐烟九点"即由此诗句演化而来。诗中"齐州"指济南，该诗句借以描绘济南的山景。"九点"今是指自千佛山"齐烟九点"坊处北望所见到的卧牛山、华山、鹊山、标山、凤凰山、北马鞍山、粟山、匡山、药山九座孤立的山头。本诗抒写了济南的美丽山景以及清泉水韵。

162.

红叶谷

曲径幽深满山红，
碧湖荡漾泉叮咚。
秋风拂面百鸟鸣，
方知醉入红谷中。

【解读】

　　红叶谷位于山东省济南市历城区锦绣川，是济南南部山区最有代表性的旅游项目之一。红叶谷的春天有红的碧桃，白的梨花；夏日谷中一片郁郁葱葱，山风送爽；冬日，白雪皑皑，玉树琼花。最美的，还要数本诗描写的秋天，登高送目，看万山红遍，层林尽染，美丽景色确实令人沉醉。

163.

雨中登泰山

细雨蒙蒙登泰山，
拾级而上入云间。
松涛回荡震山谷，
忽见瀑布挂千川。

【解读】

　　泰山以五岳之首而闻名。细雨蒙蒙时爬泰山，沿着登山台阶拾级而上，犹如置身云雾之间。松涛阵阵，在山谷间来回激荡，行走之中，忽然看见瀑布挂在前面的山川。攀登泰山，杜甫有诗云："荡胸生层云，决眦入归鸟。会当凌绝顶，一览众山小。"雨中登泰山，则会另有一番意味，云雾缭绕，当如身在仙境之中吧。

164.

同学好

时光荏苒，岁月如歌，
离开校园，四十年多。
难忘真情，青春岁月，
微信问候，思念寄托。

【解读】

　　时光如水流逝，荏苒已过多年；岁月犹如老歌，旧日更加思念。回想当初校园，离开四十余年；难忘真情岁月，青春恍如昨天。我们微信问候，寄托旧日思念；如今短歌几句，梦中再续前缘。本诗依然抒写了作者对同学的思念，对学校时光的眷恋。

165.

同学相见

朝朝暮暮蕴真情，
匆匆相见不足倾。
同学情谊千年修，
流年似水最纯净。

【解读】

回想当初和同学在一起的日子，朝夕相处，彼此生就了纯真的感情；每次见面都是匆匆相见，来不及倾尽思念之情。十年修得同船渡，千年修得同学情；在这流年似水的日子里，只有同学感情，才是最纯净、最无私的感情。本诗作者继续歌颂同学之间的感情，一咏三叹，突出赞扬了同学之间的纯净之情。

166.

静静的泰山

刚出校门登泰山，
徒步西路不知难。
盘山公路峰间转，
只身一人向上攀。
日照当空鸟飞远，
热风难消背上汗。
翠柏青松叠层峦，
山势陡峭耸云端。
幸有货车捎一程，
黄昏方到十八盘。
拾级而上南天门，
夜宿帐篷见同伴。
晨起天外看日出，
午时云海未消散。
俯瞰天边尽头处，
玉皇顶上览众山。

【解读】

　　本诗具体描写了攀登泰山的全过程。那时，作者刚走出大学校门，参加单位组织的爬泰山活动，自由攀登，山顶集合。作者谁都不认识，盲目选择了泰山西路。中午，太阳炎热，山路弯弯曲曲，十分凶险，幸运的是遇到了一辆货车捎了一程，黄昏时分方才赶到中天门。登上十八盘再爬到南天门时已是夜晚。清晨看日出，顿时让人生出"一览众山小"的感叹。这首诗是一首叙事诗。只身一人登山，孤独，无助，又充满好奇，陌生的环境，陌生的人群，这不就和人生的道路一样吗，哪能没有艰险？哪能没有曲折？但前途是光明的，只要我们勇往直前。

167.

香 火

殿前香炉烟云绕，
自带高香许愿到。
苍松翠竹家族兴，
勤奋进取鸿运照。

【解读】

　　香火，主要是指用于祭祀祖先神佛的香和烛火，主要是燃点的香。香火一词出于《晋书》："陈郡袁宏为南海太守，与弟颖叔及沙门支法防共登罗浮山，至石室口，见道开形骸如生，香火瓦器犹存。"作者描写众人到寺庙烧香许愿的场景，期盼家族兴旺犹如苍松翠竹。最后一句，点明了本首诗的主旨"鸿运照"，重点强调了不能光靠烧香火，更要"勤奋进取"。

168.

四季风

百花争艳映山红，
烈日当空云丝动。
枯叶飞去枝头空，
白雪飘零抚苍松。

【解读】

本诗写的是四季风，诗没有一个"风"字，全是以风所导致的景物来实现的。春天的清风中，百花争艳；夏季的热风中，烈日当空；秋日的凉风中，枯叶舞动；冬季的寒风中，白雪飘零。本诗描绘了四季风的景致，虽然本诗没有明确写风，却让人记住了风的影子，风的姿容。

169.

烧　烤

烧烤传千年，
文化藏民间。
啤酒伴肉串，
百姓得休闲。

美味祖上传，
今日不待见。
城管执法严，
不准冒薰烟。

【解读】

　　本诗作者以通俗易懂的语言描述了烧烤的前世今生。济南的烧
烤文化历史悠久，尤其是在夏季的夜晚，在一天的繁忙之后，约上
三五好友，喝着啤酒，烤上肉串，真是一种休闲。现在，这种污染
环境的烧烤模式已经得到了控制，因为城管严格执法，街头不再允
许冒薰烟，街头再也看不到露天的烧烤摊了。本诗语言平实，让人
回味。

170.

老　街

半条泉水半街面，
店铺破旧人稀罕。
路面青石已磨圆，
风露古韵上千年。

【解读】

　　济南以"泉城"之名而著称，泉水顺街流过，成为泉城老街的一大景观。本诗就描写了泉城老街的这种景象，古色古香，泉韵悠扬；店铺已经破旧，青石已经磨圆，行人也没有那么多了，但老街的风韵犹在，向人们述说着千年前古老的故事。

171.

惊 雷

风吹窗帘天色灰，
远山乌云垒成堆。
忽闻空中炸惊雷，
大雨滂沱紧跟随。

【解读】

　　惊雷通常是炎热夏季才有的专利产品。本诗先写天灰地暗、乌云滚滚，再写惊雷阵阵、大雨倾盆，一气呵成。本诗以"大雨滂沱紧跟随"来形容惊雷之烈，有淋漓尽致之感。

172.

江 边

滚滚江水湍流急，
江边信步忆往昔。
两岸灯火阑珊时，
车水马龙不停息。

【解读】

　　时间就像一条大河，有时宁静，有时疯狂。滚滚江水，滔滔波浪，是作者年轻时在重庆开会期间的一段回忆。饭后漫步江边，两岸灯火阑珊，虽然夜已深沉，路上车流依然。人们都在生活的江河里奔波，都无法完全放松，也无法停下脚步。在江边，在深夜，看着城市的灯火，想着那些逝去的峥嵘岁月，而明天，人们将继续奔波。

173.

贴窗花

除夕贴窗花，
好运迎到家。
福满全家喜，
儿孙绕膝下。

【解读】

　　窗花是贴在窗纸或窗户玻璃上的剪纸，中国古老的传统民间艺术之一。它历史悠久，风格独特，一般是春节期间贴。为烘托除夕的节日气氛，人们会在春节前在窗上粘贴各种各样的窗花，窗花的题材内容非常广泛，这个习俗在北方比南方更为普遍。本诗将贴窗花的节日气氛与阖家团圆、子孙绕膝的天伦之乐融为一体，充满了喜庆之气。

174.

印　章

指纹脚印天赐章，
人生步步留迹章。
过眼烟云身外章，
忘我奋斗铸印章。

【解读】

　　印章是常见的文人物件，哪个书法家、画家、收藏家没有几个印章呢？印章就像艺术家的身份证一样，它是身份的标志和代表。本诗就几种印章进行了诗化的描述。脚印是人生下来的第一个印章，它的样子是老天赐予的，但出生之后的路怎么走，自己的汗水能铸就什么样的印章，就要全看自己了。身外之物皆是过眼烟云，什么名利，什么权利，都是虚章。此时的我们，只有树立正确的世界观，甘洒热血，乐于奋斗，铸造出的才是人生永恒的印章。

175.

大丽花

花开大如盘，
形同玉座莲。
瓣厚色红艳，
华贵傲秋天。

【解读】

　　大丽花的花色、花形繁多复杂，丰富多彩，是一种世界名花。大丽花原产于墨西哥，墨西哥人把它视为大方、富丽的象征，并将它尊为国花。中国北方农民家里也常种养这种花，因其根部茎块酷似地瓜，又名地瓜花。作者小时候经常看到母亲喜爱种植大丽花，后来一见到这种花就想起母亲来。本诗描写了大丽花的特点，包括形状及颜色，以及大丽花既朴实又尊贵、华丽的特点，一句"华贵傲秋天"将大丽花的气质淋漓尽致地表达了出来。问过作者才懂得其诗的含义及思母之情。

176.

竹

翠竹丛丛迎春风，
叶舞沙沙述心声。
枝繁叶茂根连根，
老竹已枯新竹生。

【解读】

　　竹子是许多诗人吟咏的对象，本诗描写了翠竹以及翠竹的心声。诗眼在于最后一句"老竹已枯新竹生"，描述了新竹、老竹新陈代谢、循环往复的生命规律。为什么会这样呢？因为竹子根连根啊！这让我想起了刘禹锡的一句诗歌："沉舟侧畔千帆过，病树前头万木春。"也是描写了这种循环往复的过程，令人深思。

177.
时间都去哪了

时间去哪了？
都在找我。
我就在你身边，
因你太年轻，
看不见我。

时间去哪了？
都在问我。
我就在你身边，
因你太忙碌，
从不理我。

时间去哪了？
都在怨我。
我就在你身边，
因你太高傲，
从不爱我。

时间去哪了？

都在想我。

我就在你身边，

因我也老了，

我要走了。

【解读】

时间去哪里了？这是一个老话题，也是一个永恒的话题。本诗以时间都去哪了为题，提出了作者的思考：都在问我，都在找我，都在怨我，都在想我，"问、找、怨、想"，四个字讲出了人们对时间的渴求；而人们呢，要么太忙碌，要么太年轻，要么太高傲，意识不到时间的宝贵，不知道该做些什么，等到人老了，就只能和时间一起走了。本诗能够引起人们对时间与生命的思考。

178.
三月情

花开三月初，
枫叶一点红。
层林多浸染，
丛中蜂鸟鸣。
山间溪水绕，
鸳鸯成双行。
四季皆美好，
最浓三月情。

【解读】

    三月的春天，景色秀丽；人间大多美好温馨的画面，大致就在这个季节了。三月也有红色的枫叶，层林尽染，蜂鸟相鸣；山间有溪水环绕，鸳鸯戏水，结伴而行。一年四季最美的是春天，在春天里面，最美的就是这三月了。三月有动人的景色，也有浓浓的深情！本诗写作注意刻画立体动态的美，有山有水，山静水动，空中水上皆有声有情。

179.

滴　水

滴水恩，桶水恨，
偶遇亲，长纠纷。
言不和，语多慎，
急病孝，久无痕。

【解读】

　　给别人帮助是对的，但在人性的考验面前，往往不是你情我愿、感恩戴德那么简单。关键时候给人一杯水往往会得到"滴水之恩当涌泉相报"，但有时给人一桶水，以后一旦少给或断了水反而会招来仇恨。两人好久不见，见面自然分外亲切，但朝夕相处，自然就容易有摩擦；如果言语不和，说多了就容易伤人；老人有急症，全家总动员，个个是孝子贤孙，但久病床前无孝子，也是老理啊。所以，人性实难测，勿缺亦勿多！

180.
茅草屋

风驱浓云已远去，
独居茅屋沉思绪。
窗前青山听松涛，
庭中竹园起舞曲。
柴门通海浪连天，
伫立目送飞雁稀。
笔耕不辍书远情，
不逐浮云不羡鱼。

【解读】

　　茅草屋可以理解为陋室，所以这首诗也不妨理解为陋室铭。但结合当今居住条件和环境，这个海边的茅草屋虽算不上世外桃源，却也是一处别有洞天的场所啊。风起而浓云散尽，独坐而思绪渐平，窗前青山，门外大海，松涛阵阵，竹林沙沙，海浪声声，雁鸣悠悠，何其壮丽，又何其温馨。所以闭门读书吧，浮云与鱼哪里有我的这些惬意。

181.
再回首

不管多久没有联系，
心中永远互相惦记。
不管岁月怎样流逝，
情分一直藏在心里。

回首再叙同学情谊，
青春懵懂知根知底。
寒窗苦读志高气昂，
夕阳依旧眷恋晨曦。

【解读】

  本诗名为《再回首》，是作者回忆往日同学情谊的一首诗歌。为什么同学情这么让人难以忘怀呢？因为同窗的时光是青春懵懂的时期，那时候都非常单纯，彼此之间无话不谈，知根知底。那时候寒窗苦读，志气高昂，更加令老去的自己怀念那同学时期的晨曦。

182.

真 心

好久不见，牵挂思念。
联系不多，关心同前。
节日问候，情满意全。
相隔再远，真心不变。

【解读】

　　什么是真心？本首小诗给出了答案。因为好久不见，所以非常
想念；虽然平日联系不多，但关心思念一如从前。逢年过节我们会
发出自己的问候，这问候声里情谊满满。即便你我相隔再远，彼此
牵挂的真心不会改变。这首小诗从形式上属于现代诗的一种，一呼
一应，寥寥数语便写出了什么才是真正的友情与真心，阅读之后令
人反复回味。

183.

冷

昨夜风寒飘凄雨，
郎君可否知添衣。
口含发丝望远方，
细雨滴滴湿心底。

【解读】

　　本诗写得比较特别，写的是一个妇人思念郎君的故事。昨夜寒风劲吹，凄风苦雨飘飞，这么寒冷的天气，远方的郎君可知道添加衣物御寒吗？我口含发丝，紧咬嘴唇，担心地望着郎君的方向，细雨打在脸上，就像是滴落在心里。这首诗作者从一位思妇的角度描写寒夜过后凄风苦雨中思念郎君的情景。天冷，身冷，心更冷。诗中的言语细腻，感情充沛，惹人动容。

184.

挚 友

朋友非挚友，
挚友最难求。
挚友是缘分，
挚友是老酒。
挚友未必天天见，
关键时刻心中有。

朋友非挚友，
挚友情最厚。
挚友是财富，
挚友义最牛。
挚友未必常相聚，
该出手时就出手。

【解读】

　　什么是挚友？什么是朋友？朋友可以是酒肉朋友，但挚友必然是知己之交，是真正的朋友。"人生得一知己足矣！"什么才是真正的挚友呢？作者在本诗给出了答案。挚友要讲缘分，可遇不可求；挚友不必天天见，但情谊总在心中留；挚友是最大的财富，一旦有难就会出手相救。作者本诗区分了朋友与挚友，强调了挚友的可贵，引人思考。

185.
泰山印记

夜宿泰山佛家店，
翌日登山不识面。
徒步越上十八盘，
云海紧锁万重山。

【解读】

　　本诗描写了一次晨起作者登泰山的记忆。夜晚住宿在泰山脚下的佛家寺院，翌日清晨，大雾弥漫，徒步翻山越道，登上泰山十八盘，此时，依然云海重重，四面看不见人，完全看不到起伏连绵的群山了。本诗描写了泰山的云海，这样的景象，让人犹如置身仙山仙境一般，令人迷茫而流连。

186.
远方的牵挂

天气冷了，

多喝开水多添衣；

冬季寒冷，

保重身体要休息。

不管多忙，

生活多难，

朋友都会心疼你。

时光流逝，

思念永远跟随你；

一声想念，

无论你知不知悉。

盼你安好，

寄托白云，

一厢牵挂送天际。

【解读】

这是一声来自朋友的问候，这是一片来自远方的羽毛，片羽寄情思，问候真朋友。这首诗是以现代诗歌的形式，传递了作者对朋友的关爱之情。本诗语言平和，最后一句以浪漫主义的笔法，将对朋友的祝福寄托给白云，让它捎给远方的友人，令人印象深刻。

187.

惦　记

有一种幸福，
叫被人惦记；
有一种叮咛，
叫爱惜自己；
有一种思念，
叫保重身体；
有一种在乎，
叫天冷加衣。

【解读】

　　本首诗歌以简单的语句，固定的行文格式，一咏三叹的诗意表达，抒发了朋友之间的惦念与牵挂。本诗的内容浅显易懂，被人惦记就是幸福，叮咛你一定要爱惜自己，思念你就是希望你能保重身体，在乎你就是不要忘了天冷加衣。适合写在明信片上，对不对？

188.
远方的脚步声

多少次梦中，
梦到了我的初衷，
是那样的宏伟，
是那样的虔诚。

多少次梦中，
梦到了你的脚步，
是那样的熟悉，
是那样的轻盈。

你向我走来，
带着微笑和春风，
是那样的亲切，
是那样的动容。

我向你坦诚，
我没有虚度人生，
尽管不够辉煌，
但是没有虚空。

【解读】

　　本诗题为《远方的脚步声》，所谓远方，就是朋友在远方。在梦中作者梦到自己实现了梦想；也梦到了远方朋友的脚步声，是那么熟悉、轻盈。作者向挚友坦诚：自己没有沉浸于空虚，更没有虚度人生，在追求梦想的道路上，自己已尽全力。

189.

蜻　蜓

独坐岸边自垂钓，
荷叶浮动静悄悄。
湖中夕阳照树影，
蜻蜓点水围你绕。

【解读】

　　在一个夏天的黄昏，夕阳照在湖中的树影上，湖面上荷叶浮动，周围一片静悄悄；作者坐在湖边，一个人孤单的垂钓；周围空无一人，只是偶尔有几只蜻蜓飞过来，轻轻地将你环绕。这首诗以静写动，以动衬静，却让人感觉到诗人并非寂寞与空虚，而是在享受这份悠闲和舒适。

190.

青岛的风

青岛风从海上来，
冬寒春烈浪澎湃。
夏潮秋凉咸涩浓，
四季风味难忘怀。

【解读】

本诗描写了青岛四季的风。作者曾在青岛医学院就读，所以对青岛也有很深的感情，包括青岛的风。青岛的风从海上吹来，春天猛烈，夏天潮热，秋天咸涩，冬天寒冽。那风声夹杂着浪涛声，像是在心头澎湃，像是在梦中澎湃，那曾在记忆中的熟悉的味道，总是让人难以忘怀。

191.

负心人

浪中舢板待靠岸，
灯塔引航入港湾。
上岸遂忘领航人，
弃塔毁舟尽贪婪。

【解读】

什么是负心人？诗人给出了答案。这首诗写的是一艘在风浪中的小舢板，海浪中飘摇，急切的等待有人帮忙，等待着上岸。这个时候，灯塔的光芒带来了希望，为舢板引航，安全的驶入了港湾。舢板靠岸后，接着就忘记了领航的恩典，不光弃塔走人，还毁掉了小船。这种人就是标准的负心人，不光忘恩负义，还极尽贪婪。

192.

中草药

千年秘方无人晓，
郎中不识中草药。
谋生披上白大褂，
西医脑袋开中药。
天人合一乃真谛，
四气五味精髓高。
中医理论博大深，
万望郎中勤研讨。

【解读】

作者在本诗中对中医的发展乱象给予了讽刺，并为如何发展中医药事业提出了自己的见解。前四句是说，现在的中医医生有的连中草药都不认识，更别说掌握那些千年的秘方了。有些人只是为了谋生穿上白大褂，脑袋里却没有中医的思维和诀窍。中医的精髓是什么呢？天人合一，四气五味，我们只有勤加研讨，才能真正把中医发扬光大。

193.

早　春

除夕争春雪渐消，
窗外山林雾缭绕。
家人围坐品花茶，
新年如意迎春潮。

【解读】

　　本诗写出了除夕之时，一家人围坐品茶其乐融融，尽享天伦之乐的温馨场景。除夕到，雪渐消，春来早；看窗外，山林隐，雾缭绕；一家人，团团坐，品茶膏；新年来，如意至，迎春潮。这首诗通俗易懂，气氛温馨可人，读来字里行间透着一缕家的温暖，爱的亲切。

194.
贵

富以仁为贵，

家以和为贵。

情以真为贵，

心以善为贵。

邻以亲为贵，

友以诚为贵。

体以健为贵，

衣以适为贵。

穷以志为贵，

品以端为贵。

居以雅为贵，

行以正为贵。

【解读】

　　本诗写了"贵"，以十二个贵字总结了我们常常提及的行为标准是什么。为富当仁、家贵以和、情情以真、心善为贵、邻里要亲、友谊要诚、身体要健、衣服合体、穷当有志、品行为端、居室要雅、行为要正。本诗的体裁及行文有一定的特点，与其说是一首诗，它更是一个哲理。

195.
求

家家和和睦睦，
时时开开心心。
辈辈快快乐乐，
世世平平安安。

天天高高兴兴，
月月喜喜洋洋。
年年富富贵贵，
岁岁健健康康。

【解读】

　　这首诗比较有特点，每句都是三个叠词，读起来朗朗上口，意思也是通俗易懂；题目单单一个"求"字，直白地表达出了作者对和睦、开心、快乐、平安、高兴、富贵、健康的期盼，不光替自己求，还替大家求；不光替现在求，还替年年求。所以，美好的祝愿，读出来，大家都喜欢！

196.

祝　福

爆竹声声除夕到，
求最诚，赏最高，
祝福贺岁来得早。

张灯结彩春节到，
求最灵，喜最好，
祝福贺岁说得妙。

【解读】

　　这首诗也是写过年时候的情景和感受。而且这首诗上下两段的第二句均有一定特点，看得出作者在追求表达清楚意义的基础上，对诗歌的形式也进行了很多探索，使诗的形式更活泼，从而更加适应这种节日喜庆气氛的表达。试想一下，在过年的欢乐气氛中，几个孩童一边玩耍，一边哼着这首歌谣，岂不是轻松活泼、欢乐更多！

197.

千佛山

南屏千佛山,
登临黄河见。
千佛望泉城,
晨钟暮鼓远。

【解读】

千佛山是济南市区的旅游名胜之一,不光是旅游胜地,还是文化中心。千佛山与黄河,都是济南的重要地理标志,一个在南,一个在北;一个是山,一个是水。站在千佛山顶可以望见黄河,千佛山的晨钟暮鼓,声音飞扬悠远。这首小诗读来朗朗上口,简短而有内涵。

198.

猪 年

猪年到，福气罩，
贴春联，拜年早。
贺新喜，年货好，
吃水饺，放鞭炮。

发微信，祝福到，
如意顺，吉祥高。
诸事旺，烦恼少，
身体健，活到老。

【解读】

　　这首诗是作者为猪年春节写的祝福诗歌，内容浅显易懂，读来
朗朗上口，洋溢着快乐、幸福的节日气氛。

199.

过年好

喜迎新年，年年新；
拜年祝福，福福深。
大财小财，财财旺；
大事小事，事事顺。

友人家人，人人亲；
亲情友情，情情真。
官运财运，运运通；
学习进步，步步进。

【解读】

这首诗也是作者在过年期间写的新年祝福诗词。本诗在遣词用字、诗歌形式上进行了有趣的安排，每一句中前面部分的最末一个字与后面部分的首字相同，且后面部分为叠字，祝福非常美好，形式非常巧妙。

200.
新春祝福

喜贴对联迎新春，
高挂灯笼照乾坤。
燃放鞭炮辞旧岁，
吉祥如意福临门。

【解读】

　　本诗表达了作者美好的新春祝福，以对联、灯笼、燃放鞭炮等过年期间特有的事物为依托，抒发了美好祥和的节日气氛。单就这首诗来看，对仗工整，内容喜庆，如果分别摘出前后两句，直接用作春联也可以。

201.

新年好

新年钟声聚团圆，
烟花璀璨美如仙。
美酒香醇贺太平，
富贵荣华享无边。

【解读】

作者本诗抒发了对新年的祝福与期盼。新年的钟声敲响了，家家户户喜庆团圆；烟花飞向空中，美丽灿烂如置身于仙境；手捧美酒，酒香醇厚，庆贺太平盛世的新年；荣华富贵是美好的追求啊，我们且享用一番。

202.

祝　福

新春佳节拜年早，
吉祥好运身边绕。
心想事成财源广，
万事如意步步高。

【解读】

　　新春佳节到了，我们要早早去拜年；祝福大家吉祥好运，美好的事物就会围绕在身边。心想事成是美好的祝愿，财源广进是心中的期盼；万事如意是对您的祝福，步步高升进入新的一年。与其说这是一首诗，不如说是一副春节对联。作者在本诗中向人们传达了美好的新春祝愿。

203.
春

春回大地，日暖人间，
春雨润物，绿满千山。

春意盎然，气象万千，
春风送喜，吉祥平安。

春节祝福，广进财源，
春喜临门，万事如愿。

【解读】

  本诗以"春"字为题，以"春回大地"起头，接连描写了春雨、春意、春风这些代表春天的景物，每句的首字皆为"春"字，最后两句以春节及春喜为主题，进一步描绘了春天的美好景象，寄托了人们对春天的希望。

204.

闹元宵

新年过，十五到，
张灯结彩真热闹。
鞭炮响，锣鼓敲，
烟花绽放万家笑。

吃汤圆，踩高跷，
家家户户闹元宵。
发微信，祝福好，
节日快乐尽逍遥。

【解读】

正月十五，元宵佳节；张灯结彩闹元宵。作者在本诗中通过描写张灯结彩的元宵景象，抒发了人们欢度元宵佳节的喜悦之情。吃汤圆、踩高跷是元宵佳节的传统节目，欢乐喜庆；发微信送祝福，则是现代通信手段给传统节日带来的改变，让传递祝福更加便捷。本诗的格式也比较有特点，自成体系。整个诗篇节奏明快，似快板，踩鼓点，写作形式与内容紧密结合，形式为内容服务。

205.

同学情

百年求得同窗读，
千年修得同学情。
同窗几载依旧恋，
风华正茂渐龙钟。
世上同学情最真，
犹如海洋多宽容。
轻轻松松似白云，
玻璃一般最透明。
恬静平稳如月光，
说笑嬉闹呼大名。
无须伪装徒辛苦，
开怀畅饮至酩酊。
天涯海角联系少，
依依不舍念旧情。
曾忆相聚多泣别，
今阅昔照又泪盈。
当初校园尽美好，
步入社会多不平。
遇人不淑少挚友，

交相吹捧酒肉中。

鱼龙混杂频算计，

溜须拍马豪言空。

无人真心来相待，

耳畔俱是过来风。

岁月流逝须发稀，

眉上忧愁起皱容。

想念离别挥泪时，

期待相聚叙旧梦。

今日有缘逢同学，

再忆昔日同学情。

喜看夕阳尽余晖，

顺意安好祝愿中。

【解读】

这是一首长诗，是作者再遇老同学，与老同学促膝长谈后有感而发的作品。描写了同学之间纯真、长久的感情，读来令人感动。同学情是人世间最美好、纯真的感情之一，这份纯真源于少年时代无欲无求的相处，这份美好源于少年时代无忧无虑的读书。社会上的不良风气使我们很难找到真正的朋友，愈发使如松柏常青的同学情显得弥足珍贵。

206.

泰山挑夫

巍巍东岳耸云中，
苍松翠柏叠层峰。
泰山挑夫不停歇，
送走千年风雪冬。

【解读】

　　泰山正变得越来越好，挑山工，被誉为"挑起泰山的人"，却越来越少了。本诗前两句着墨于泰山的雄姿和胜景，后两句把目光投向挑货上山的山民，描绘了他们迎风斗雪的工作艰辛，赞颂了挑夫坚持不懈的攀登精神。作者同样也告诉我们一个道理：只要一心向着目标，一个劲儿往前走，就能到达目的地。"千年"一词，也凸显历史之悠久，文化之承载。

天边

207.
水 仙

凌波仙子坐满盘，
白须细细绿叶窜。
金盏银台出婷心，
水知仙花不是蒜。

【解读】

　　盘中的水仙花，就像凌波仙子一样，端坐在水盘的中央；水仙有白色细密的胡须，它的绿叶十分茂盛；金色的花盏，银色的盏台，倾诉着水仙婷婷的心愿。水仙的美好姿态被诗人描写得意趣盎然。怎么？你怀疑看到的只是一棵大蒜？有些表象确实可以蒙蔽真相。此时，只有盘里的水真正知道它不是蒜，是纯正的水仙。

208.

贺　年

烛光映笼别样红，
梅开朵朵沐春风。
与君相知数十载，
相逢一笑不言中。

【解读】

　　贺年这首诗抒写了过年的美好景象，用烛火、灯笼、梅花这些喜庆的景物映衬出作者美好的心情。春风更是说明春天来了，响应春节的主题。后两句表达了作者对友人、亲人的深厚情感，几十年的风风雨雨都一起走过来了，今天，在这个重要的日子，我们相对而笑，不用多说什么，彼此之间情谊相通。

209.
护士节咏

人食五谷谁无疾，
百病缠身心忧起。
白衣天使尽天职，
值夜唯思月西息。

【解读】

　　本诗是作者在 2018 年 5 月 12 日护士节写成的赞颂护士的诗歌。首先说明人吃五谷杂粮没有不患病的，白衣天使是被派来呵护病人的，这种神圣的使命感驱使白衣天使尽职尽责，完成自己肩上的责任，也祝愿好人一生平安，祝福我们的白衣天使健康、平安、顺遂、快乐。

210.

大佛头

秋风野菊松柏厚，
小径幽深大佛头。
俯瞰尘世千年过，
雾开云散皆看透。

【解读】

　　大佛头，位于山东省济南市千佛山东南的佛慧山，山势峭拔，巨石危立，洞谷萦回。山上有座巨大的石刻佛像，建于宋朝，佛像上建有佛龛，由清末学者张英麟题写"大雄宝殿"。据说每逢秋季，山上漫山遍野的野菊花都会点缀在青松翠柏之间。明朝人边贡在《九日登千佛山寺五首》中赞曰："背领丹枫直，垂岩紫菊肥。"作者闻着秋菊的芳香，穿过幽深的小路，终于来到大佛头的下面。大佛头这么静静地矗立在那里，不声不响，不言不语，俯瞰着人间的离合悲欢，俯瞰着浓雾与阴晴，佛说，这都是过眼云烟。诗人抓住大佛头景点的特点入手，描写其历史与文化。秋天，野菊松柏，小径幽深，雾的变化等元素运用得恰到好处。

211.

沙　钟

一端沙满另端空，
颗颗沙粒似金重。
计时沙漏悄无声，
涓涓沙流瓶自空。

【解读】

　　沙漏也叫作沙钟，是一种测量时间的装置。沙漏由两个玻璃球和一个狭窄的连接管道组成，通过计算充满了沙子的玻璃球从上面穿过狭窄的管道流入底部玻璃球所需要的时间来对时间进行测量。本诗作者描述了沙漏的形态与过程，表面是在写沙漏，本质是在写时间：时间宝贵，粒粒似金；时间流逝，悄然无声；珍惜生命，勿让时间空流走！

212.

雪 印

一座雪山一雪林，
一片雪原一雪银。
一串雪印一雪情，
一蓬雪屋一雪馨。

【解读】

　　本诗写"雪"，每句皆有两个"雪"字，字里行间洋溢着诗一
般的韵律节拍。雪本身就是美丽无瑕的，再加上雪山、雪林、雪
原、雪银、雪印、雪情、雪屋、雪馨，充满诗情画意的诸般景物放
在同一个画面里，让人沉醉而流连忘返。诗中第三句雪印，画龙点
睛。将雪原一下子温馨化。整个画面洁白无瑕，无声而有情。本
诗的写作形式也很有特点，别具一格，值得借鉴。

213.

夜　钟

风雪夜，奔家程，
搁车站，困途中。
思乡切，望夜钟，
人熙攘，针不动。

【解读】

在一个风雪交加的夜晚，作者踏上了归家的路程。因为大风和大雪，许多车辆停运，归家的游子耽搁在车站，被困在归途中；游子思乡情更切，不住地望着夜钟；夜钟的"不动"让人感到时间的缓慢，充分体现了作者在雪夜归乡受阻时强烈的思乡之情。

214.

泰山石

庭院临门泰山石，
石中日出飞云驰。
瀑布飞流挂千川，
锦鲤欢腾跃莲池。

【解读】

　　本诗描写了泰山石，重点描写了泰山石各种各样的天然图案，充满了鬼斧神工的奇妙与乐趣。泰山石通常摆放在庭院临门的中央，上面的天然图案也多种多样。有的是日出飞云图，有的像山川挂瀑布，还有的像锦鲤欢腾雀跃，在莲池中欢快起舞。本诗思路清奇，用词考究，想象丰富，可谓赞颂泰山石的一篇佳作。

215.
春 雪

春雪如席飘无声，
情人节日花送梦。
片片雪花尽是情，
满目银色裹泉城。

【解读】

　　春天的雪花飘飘洒洒，无声无息地悄然落下。在情人节里，雪花为真心相爱的恋人送来了幸福的美梦。每一片雪花都是一份真情，满目雪花飘落，美丽的泉城便渐渐变得银装素裹。高雅、清幽、纯洁、脱俗成了泉城的底色。

216.

十　拜

拜年赶个早，
祝福不可少。
一拜全家福，
二拜没烦恼。
三拜事业旺，
四拜收入高。
五拜有好运，
六拜乐逍遥。
七拜心如意，
八拜儿孙孝。
九拜身体健，
十拜年寿高。

【解读】

　　这是一首描述拜年的诗歌，形式简单，内容浅显，但处处洋溢着欢乐祥和的节日气氛，字字透露着祝福祈愿的美好心声。过年的时候拿出来诵读吟咏，也是一件乐事啊！

217.

春　分

百花盛开迎春分，
昼夜等长不等人。
种下梦想盼秋分，
阳春三月最温馨。

【解读】

春分的时候百花都盛开了，从时间上看，这一天昼夜算是同等长度了，但是时间流逝，真真是岁月不等人啊。我们要在春天尽快把梦想种下，并且去辛苦劳动，才能在秋天的时候迎来收获。人生最美最温馨的时节，是青春懵懂的阳春三月。本诗描写了春分，强调了岁月不等人，勉励大家在春天种下梦想，辛勤耕耘。

218.

轻 松

金榜题名时，轻松；
无官想开时，轻松；
退休在家后，轻松；
如愿方便后，轻松。

【解读】

人这一生什么时候最轻松？这基本上可以延伸为一个哲学命题了。有的说少年，有的说退休之后，还有人说死了最轻松，大家哈哈一笑。本诗中作者讨论了这个问题，认为金榜题名时、无官想开时、退休在家后，很轻松，这应该是作者结合自身经历总结出的"轻松"概念了。末句更是以"如愿方便后"很轻松来戏谑，真正算是"轻松一刻"了，颇有看破红尘之意。

219.
爱与拥有

天降我也有人候，
你我有缘今世投。
天生我才留英名，
不枉人生爱不够。

【解读】

朴树的《生如夏花》说："我从远方赶来，恰巧你们也在……我从远方赶来，赴你一面之约。痴迷流连人间，我为她而狂野。"我们都约好了与某人在某时相见，这就是缘分啊！朴树还唱道："我是这耀眼的瞬间，是划过天边的刹那火焰……惊鸿一般短暂，像夏花一样绚烂。"不也像本诗后两句说的，天生我才，热爱这份人生的绚烂？

220.

瑞 雪

瑞雪纷纷春来早,
鹦哥吉语花争俏。
鲤鱼打挺欢嬉闹,
诗兴泉涌纸上飘。

【解读】

在瑞雪纷飞的早春时节,作者看着漫天飘飞的雪花,听着鹦哥的吉祥话,再看着粲然盛开的鲜花,而且旁边的鱼缸里,还有鱼儿在欢呼嬉闹。作者顿时诗兴大发,美丽的诗句像泉水一样汩汩涌上心头。真是瑞雪飘来佳句,纸上写满文章,风景这边如何,且看满目银装。

221.

潮涨潮落

下雨停雨下雨停，
阴天晴天阴天晴。
涨潮落潮涨潮落，
睡梦醒梦睡梦醒。

【解读】

　　这首诗的写作形式别具一格，从意思来理解或者从读法来发掘，都有许多种形式，而且都可以解释的合情合理。下雨，停雨；阴天，晴天；涨潮，落潮；睡梦，醒梦。四句诗歌中的每一句都可以分成不同的意思来理解，可谓循环往复，一咏三叹。如首句有"下雨停，雨下，雨停"和"下雨，停雨，下雨停"两种不同的品读方式，是不是很值得玩味？

222.

灯　笼

窗外朔风飘雪花，
大红灯笼门前挂。
辞旧迎新欢天喜，
和睦团圆家天下。

【解读】

　　这首诗题目为灯笼，表面是在写灯笼，实际却是在写过年时快乐的节日气氛。窗外刮着寒风，空中飘着雪花；大红的灯笼，门前高高挂；辞旧迎新的日子，欢天喜地；和睦团圆的中国人，天下是一家。

223.

珍珠泉

朱门蓝瓦庭院进，
垂柳摇曳絮飘纷。
泉满汇溪闻水流，
循声探泉池显身。

汉玉石栏围泉池，
泉平如镜水清深。
串串珍珠起水底，
不知泉源何处寻。

【解读】

珍珠泉是山东济南第三大名泉，位于山东省济南市历下区老城中心，今位于泉城路珍珠泉礼堂内北面，礼堂内部朱门蓝瓦，垂柳摇曳，明清时期为山东巡抚驻地，匾额为乾隆皇帝御笔亲题。在它周围有许多小泉，如楚泉、玉环泉、太乙泉等，被称为珍珠泉泉群。本诗描写了珍珠泉的周围环境及清幽泉景。写出了珍珠泉"百丈珠帘水面铺"的景致。

224.

黑虎泉

断崖泉涌积深潭，
虎口喷泻震河畔。
北有明湖南有山，
千古呼啸不间断。

【解读】

　　黑虎泉位于山东省济南市历下区解放阁南护城河南岸陡崖下，其名始见于金代的名泉碑，因"水激柱石，声如虎啸"而得名，因此泉为一天然洞穴，内有一巨石盘曲伏卧，上生苔藓，显得黑苍苍，如猛虎深藏，泉水从巨石下涌出，激湍撞击，再加半夜朔风吹入石隙裂缝，酷似虎啸，故称黑虎泉。本诗写出了黑虎泉的壮观景致及悠久历史。

225.
百脉泉

泉密如筛各自溢，
楼阁庭院泉相依。
墨泉如盆独成河，
梅花泉喷漫湖堤。

【解读】

百脉泉是济南五大泉脉之一，它位于山东省济南市章丘区，与趵突泉齐名，"百脉寒泉珍珠滚"说的就是百脉泉的壮观景象。章丘是女词人李清照的诞生地。古代文豪曾巩也曾云："岱阴诸泉，皆伏地而发，西则趵突为魁，东则百脉为冠。"他对百脉泉赞不绝口。本诗后两句单独写了墨泉及梅花泉，两泉均是百脉泉群的主要泉眼，写出了泉的气势与特点。

226.

基 因

猫逮鼠，犬吠声，
基因定，伴终生。
孝不孝，忠不忠，
改基因，也不行。
天生孝，天生忠，
后天训，难成功。
龙生龙，凤生凤，
转基因，害人重。

【解读】

    本诗幽默形象的表述了什么是基因。基因是一个有些抽象的概念，本诗以简单直白的语言说明基因可以决定动物的技能，而且不易更改。至于"忠、孝"这样重要的品格，与基因也有很大关系。最后还戏谑的谴责"转基因"的危害，以"害人重"做结，进一步说明了基因的重要以及转基因的危害！

227.

济南关帝庙

泉水幽幽出关庙，
桃园结义情未了。
云长德高做财神，
浩然正气除乱鸟。

【解读】

关帝庙位于济南五龙潭公园南门外，坐北朝南，开间不大但小巧精致。这组建筑原是旧时"集云会馆"的组成部分，据说曾在此诛杀太监安德海。在关帝庙的天井中，有济南七十二泉之一的西蜜脂泉。桃园结义是关帝的大事件，需要写上，最后一句话用"浩然正气除乱鸟"直爽地表达了对关帝的尊敬。

228.

杉 树

绿塔直耸凌云霄，
众枝扶主不争俏。
寒霜梳叶腰笔直，
千年雄姿树地标。

【解读】

　　杉树属松科，常绿乔木，通常生长在山区的寒带上。因高可达三十余米，所以称它"绿塔直耸凌云霄"；但杉树的枝蔓宽广，不争不抢，只是护卫着主干向上生长。杉树有它自己的品格和信仰，不惧严寒，腰肢挺拔，威武雄壮；千年雄姿自不变，树立地面做地标。本诗赞颂了杉树，也侧重表扬了杉树枝蔓一心护主不争不抢的品质。作为人类，从杉树的精神中也许能学到点什么。

229.

燕 子

春柳轻扬斜飞燕，
衔泥筑巢屋檐前。
秋去春回识故人，
别时牵挂存世间。

【解读】

本诗描写了燕子北归筑巢的情景。春天来了，杨柳轻扬，燕子
从南方飞回，返回了它的故乡。它们忙碌着衔泥筑巢，依然把地点
选在之前的地方。秋天已远，春回大地，燕子似乎认识它告别了的
故人，离别时的牵挂依然留存在心间，一直未曾遗忘。本诗的写法
很有新意，让人看到了可爱的小燕子，写出了人情味，刻画出一幅
温情的画面。

230.

过　年

爆竹声声辞旧岁，
镜中霜发人憔悴。
谁说时光不留痕，
案头红烛独垂泪。

【解读】

　　在爆竹声声中，我们辞别了逝去的一岁；试看镜中人，早已经
发染白霜，斯人独憔悴。谁说时光流逝没有留下什么踪迹呢？你看
那案头点燃的红烛，正在感受着时间的流逝，默默地留下了它的烛
泪。这首诗写过年，一改既往多首诗中喜悦、祝福的气氛，代之以
感慨岁月流逝的悲伤，以燃烧的红烛比喻消失的时光，令人伤感，
惹人回味。

231.

酒

清淳玉液杯中酒，
成也是酒败也酒。
酒解忧愁独自斟，
酒醉醒后愁更愁。

【解读】

　　作者本首诗抒写了酒的作用以及饮酒的感受。男人多爱酒。酒是什么？清醇玉液，是粮食的精华。酒的作用是什么？酒可以成事，也可以坏事，成也萧何，败也萧何。喝酒可以疏解忧愁，所以忧愁的时候可以一个人喝闷酒，酒醉暂时将忧愁抛在脑后，但醒来以后呢？那忧愁依然是忧愁，而且举杯消愁愁更愁了！

232.

洪楼教堂

泉城东北方，
洪楼天主堂。
双塔矗入云，
风雨历沧桑。
钟声穿时空，
经书抚平伤。

【解读】

　　洪家楼天主教堂一般简称洪楼教堂，教堂位于山东省济南市区东部，东邻山东大学洪家楼校区，以洪家楼村而得名。洪家楼天主教堂是利用光绪二十六年（1900年）《辛丑条约》的庚子赔款筹建的，其西面的正立面有两座高大的尖顶钟楼，本诗称其为"双塔"。教堂历经百余年风雨，就像一位老人，经历过各种各样的沧桑。钟楼的钟声可以穿越时空，在此阅读经书可以抚慰忧伤。

233.

垂 柳

春风习习抚平愁，
情深绵绵牵垂柳。
枝条入水起漪涟，
引得鱼儿来问候。

【解读】

　　这首诗的意境平和、优雅而有意趣。春风习习，似乎可以拂去人的忧愁；情深绵绵，就像垂柳轻抚水面的温柔。垂柳的枝条随着春风，轻轻探入水中，惹起阵阵涟漪，引得鱼儿们也过来围着枝条欢乐戏水，就像问候它们自己的朋友。本诗文辞优美，格调清新，读来别有一番美的享受。

234.

逝

云散雨停叶随风，
人走茶凉情无踪。
牙丢发稀腰成弓，
灯灭魂失楼已空。

【解读】

本诗描写了一种人去楼空、老无所依的悲凉情境。云散了，雨停了，落叶已随风而逝；人走了，茶凉了，感情也消失无踪；牙掉了，发少了，腰已经弯的像一张弓；灯灭了，魂丢了，人去楼已空。没有了甜蜜的陪伴，没有了温暖的呵护，一个孤独的老者，在寂寞中，就将这样无奈地度过他的余生。

235.

寒

一夜霜降百花残，
寒风坠叶雁飞断。
昔友另就攀新枝，
茶香余味空杯叹。

【解读】

　　本诗作者表面上是写了气候寒冷时的变化，实际上反映出的，却是人情淡漠。霜降之后，百花凋零；还是那些人，但今天已非昨日了，或许人情世故本来就如此。诗中的寒莫过于心寒，但真正的友谊是不会随着天气转寒而烟消云散的，唯利益之交，利尽则情断。

236.
打鱼船

水光溶日风鼓帆，
渔民捕鱼网沉甸。
岸边炊烟袅袅起，
翘盼归来打鱼船。

【解读】

本诗描写了打鱼船傍晚归航的丰收场景。水光潋滟，风鼓船帆，渔民们捕鱼归来，网里捕到的大鱼沉甸甸；岸边有炊烟袅袅升起，那是家里人在翘首期盼，盼望渔民们带着收获的喜悦安全靠岸。作者家在海边，对渔民的生活有非常真实的了解。

237.

真

真人真事重真情，
真话真理贵真金。
真说真干动真格，
真好真美赏真品。
真货真值看真实，
真爱真候动真心。

【解读】

　　"真"是人间最美丽的品质与美德之一。真诚、真心、真爱，一个一个含有"真"字的词语反映了"真"的价值，反映了人们对"真"的追求和向往。本诗形式有创新，内容充满正能量，实为一篇佳作。

238.
衰

花谢叶败树心空，
瓦落屋漏窗透风。
往事清晰新事忘，
发霜眼花牙齿松。
唠唠叨叨絮语多，
心前身后腿脚重。

【解读】

　　什么是"衰老"的标志？花谢叶落，是花叶衰老了；树心空了，是大树衰老了；瓦落屋漏窗透风，是房子衰老了；喜欢怀旧，却总忘了身边事，白头发，老花眼，松牙齿，喜欢唠叨，迈不动腿，是人衰老的主要标志。作者描述了事物的衰老，更是总结了人的衰老。其实，谁不会老去呢？我们最主要的，是要保持心态上的年轻。

239.

万家灯火

夜游浦江楼挨楼，
哪家窗灯归你有？
外滩景色诱人醉，
水拍船舷催醒头。

【解读】

本诗描绘了夜游黄浦江的所见所感。黄浦江的两岸极其繁华，可谓城楼错落，万家灯火，金碧辉煌；外滩是上海滩的标志性景点，景色醉人。作者靠坐在船上，水浪声声，拍着船身，催人清醒。本诗一方面描写了外滩的夜景，另一方面还写了作者自己的感受：人生需要奋斗，不可沉溺于外界。

240.

山里人

丛林深处山里人，
祖祖辈辈不出林。
世外桃源平常心，
丰衣足食求纯真。

【解读】

在本诗中描绘了一幅山里人原生态的生活画面。山里人居住在深山老林的深处，祖祖辈辈从来就没有出过深山，不知晓外面的世界是什么样的。这里就像一个世外桃源一样，这里的人们过着丰衣足食的普通生活，也都有着平静、纯真的心灵。功名眼前过，利禄岂随身。何处桃源在，徒向梦中寻。

241.

蜡　烛

拆墙盗瓦塔已毁，
心痛三更难入睡。
秋寒月冷风打窗，
蜡烛心明滴红泪。

【解读】

　　高塔威严地矗立着，它耗费了多少人的心血。如今，眼睁睁见塔墙被拆，塔瓦被盗，却无能为力；心痛到半夜三更，辗转反侧，难以入睡。秋风秋雨愁煞人，寒月凄冷照孤魂；蜡烛抱憾心里明，何惜流泪燃自身。这首诗作者以蜡烛自喻，抒写了作者眼见毕生奋斗的梦想、目标被破坏、被毁灭时，极其悲愤和无奈的心情。

242.

情

鸳鸯戏水成双对，
郎才女貌天仙配。
相许一诺经风雨，
快乐幸福身相随。

【解读】

　　什么才是真情呢？在动物界，鸳鸯是幸福爱情的象征，它们成
双成对，幸福戏水；在人间，郎才女貌，演绎一段天仙配，也可成
就一段真情。两人以身相许一诺千金，承诺相濡以沫，共经风雨，
然后就夫唱妇随，幸福相伴了。这首诗描写了真情的模样，也让人
羡慕真情的可贵。一个情字，展现出幸福的真谛。

243.
曲水亭

城中泉水潺潺行，
水漫石板甘甜清。
垂柳依依抚水面，
游人已醉曲水亭。

【解读】

本诗描写了济南曲水亭的美丽风貌。曲水亭位于曲水亭街上，是济南名胜之一。从珍珠泉和王府池子而来的泉水汇成河，河道两边，一边是青砖碎瓦的老屋，一边是绿藻飘摇的泉水，临泉人家在这里淘米濯衣。是《老残游记》中"家家泉水，户户垂杨"的泉城风貌。曲水亭，叫起来上口，听起来顺耳，极富文化韵味。难怪有人说"济南泉水甲天下"，果真不虚此名。

244.

雪中大明湖

鹅毛大雪落天幕，
银装素裹大明湖。
偶见水禽低飞舞，
水面如镜腾气雾。
佛山静卧城南处，
百草奇树披银服。
游人稀疏踏雪仁，
满目雪景美如图。

【解读】

  空中飘着鹅毛大雪，大明湖上银装素裹。水鸭与水鸟在水面上低飞，水面上笼罩着一层薄雾，让人迷离沉醉。千佛山就在大明湖的南面静卧，世间万物都穿上了银色的衣服。大雪飘飞，游人稀少，满目美景，犹如画图。这首诗描绘了一幅明湖飘雪的美丽景象，语言优美，文如珠玉，惹人流连忘返。

245.

胡 庄

五月玫瑰飘花香，

天主教堂誉胡庄。

双塔耸云尖山顶，

俯瞰行人匆匆忙。

【解读】

　　胡庄位于山东省平阴县，它不仅是平阴玫瑰的核心产区，还是中国著名的宗教圣地。平阴县盛产玫瑰花，在《中国名胜词典》上被称为"玫瑰之乡"。每年的5月，是玫瑰盛开的时节，此时，胡庄教堂的玫瑰竞相开放，到处是鲜艳夺目的玫瑰花，香气沁人肺腑，令人赏心悦目。本诗不仅描写了胡庄的两大特色美景：平阴玫瑰与天主教堂，还深层次揭示了人生的短暂和倏尔一生的命运。玫瑰花年年开，教堂依然在，而人呢？来人已非彼人了。

246.

人　性

人若得势心易畸，
得意忘形自私利。
害人不留后退路，
坏事做绝必自毙。

【解读】

　　本诗写的是小人得志后的得意与猖狂。人都有弱点，"人之初，性本善"，就是劝人多做好事。但也有种说法，"人之初，性本恶"，多行不义必自毙，那些害人不留后路的坏人，也终会落得坏事做尽之后，恶报登场。本诗也意在劝诫人们多做好事，少做坏事，谦虚谨慎。

247.

黑风口

人闯江湖四处走，
需练一副好身手。
处事望天参北斗，
胆壮敢走黑风口。

梁山自古出好汉，
为何今日稀缺有。
真假李逵假胜真，
打假还需大碗酒。

【解读】

　　黑风口是《水浒传》里由黑旋风李逵把守的关口。它位于虎头峰与骑三山相连的山凹处，两侧悬崖峭壁，谷幽涧深，有"一夫当关，万夫莫开"之势。黑风口处风大且急，素有"无风三尺浪，有风刮掉头"的说法，故名"黑风口"，也号称梁山第一险关，旁建有李逵塑像。本诗写道，现今，已罕见阳刚之气的男子汉了，梁山好汉哪去了？喝酒吧！喝酒现原形。

248.

打　牌

六人打牌围桌坐，
三人一伙牌自摸。
明争暗斗计谋尽，
输赢轮回盘根错。
人生春秋似赌博，
输赢就是一次过。
认真出好手中牌，
不可侥幸赌死活。

【解读】

　　本诗上半部分写的是作者打够级时的场景，下半部分写的是如何对待人生赌局的态度。打牌场上，明争暗斗，输赢轮回，还可以当作游戏一场；但在人生的赌局和战场上，输赢可不是那么容易计量，无论你手里摸到什么样的牌，好牌，差牌，都要认真对待，用尽全身的力气去处理好，不可心存侥幸，也不能像打牌一样，随便把输赢都赌上。因为，人生就一次，输了就没有翻盘的机会了。

249.

大观园

琉璃瓦墙朱红门，
百货齐全人挤人。
城中最红大观园，
如今冷雀无人问。
购物广场高大上，
专卖店铺围成群。
货源滚滚谁都有，
批发市场底价近。
实体老店停车难，
营销模式旧脑筋。
购物中心花样多，
吃喝玩乐于一身。
大观园店想淘金，
民族情结要存真。
商海行船诚为舵，
买卖双方才称心。
科技发展理念新，
网购商品送家门。
购物方式大洗牌，

谁赢民心谁前进。

【解读】

　　济南大观园曾经古色古香，优雅别致，游客盈门。在现代商业模式的冲击下，大观园的传统营销模式已经受到了广泛的冲击，如本诗所言，从前人挤人，如今无人问，怎样让大观园在现代化商业环境中突出重围，作者给出了答案：必须赢得民心。

250.

蟹

人走正路树高挺，
蝉眼蛛腿横里行。
霸道不知路途远，
只识路面左右能。

【解读】

本诗写螃蟹。螃蟹，脚多，但从不直行，根本不知道路前方的景色，只会横行霸道到处乱爬，而且还有两个锋利的夹子，碰谁夹谁，张牙舞爪。生活中并非全是善良之辈，本诗将尽干些横行霸道之事的人，比喻为螃蟹横行；但他们永远只能在自己的一亩三分地上窝里横，再蛮横、再霸道，也永远只能在善良的人面前逞能，永远成不了什么气候。

251.

黄河入海口

黄河滚滚入海口，
卸沙缓缓添绿洲。
芦苇花开白茫茫，
鹭鹤歇脚闲悠悠。

【解读】

　　黄河入海口位于山东省东营市，在垦利区黄河口镇境内，地处渤海与莱州湾的交汇处，是一个富饶美丽的地方。在黄河口入海之地，有中国最年轻，最完整，最广阔，最丰富的湿地生态系统，有著名的黄河三角洲国家级自然保护区，被人们誉为鸟类的天堂，所以本诗最后说："鹭鹤歇脚闲悠悠。"本诗描写了美丽安静的黄河入海口，寥寥数语，让人向往。

252.
日月潭

只身飞越万重山，圆山饭店设盛宴。
学术交流联两岸，应邀畅游日月潭。
湖水四面阿里山，船游荡漾起思念。
民族之林明辉照，祖国统一华人盼。

【解读】

　　日月潭地处中国台湾地区阿里山以北，能高山之南，它以光华岛为界限，北半湖形状如圆日，称日潭，南半湖形状如弯月，称月潭，因此得名日月潭。作者只身一人受邀赴台湾参加学术会议，期间畅游日月潭，写下了这首诗。山川湖景让作者沉醉流连，但作者感到欣喜的还是学术交流"联两岸"，作者最终向往的还是"祖国统一华人盼"。本诗写出了盼望祖国统一、华夏一家的心声，在游记的基础上使诗歌的主题得到了升华。

253.

西　湖

波光粼粼映垂柳，
西湖岸边情人搂。
夜幕徐徐抹夕阳，
不喜路灯来相凑。

【解读】

　　作者写西湖，并没有从大处来写西湖的美丽景致，而是写了作者见到的一个细节，顿生许多乐趣。西湖水面波光粼粼，湖边一对情侣在搂抱亲昵；这个时候夕阳西下，夜幕徐徐，这对情侣呢，就盼着天色早点黑下去，最好路灯也没有，便于好好享受两个人进一步的相亲。感觉西湖和济南大明湖差不多，哈哈。

254.

舜 井

舜帝改水寻掘井，
舜井天下第一井。
井宽两米水甘甜，
井旁庙香古树盛。
只恨后人不念情，
拆庙毁树又填井。
今日建井不见水，
历史尚需来传承。

【解读】

　　舜井，位于济南，以虞舜掘井出泉的传说而得名。在舜之前，古人饮用的都是河水。河水易被污染，且枯水季节无水可饮，舜帝便动员民众掘井而成舜井。据史料记载，舜井为天下最早的井。原有舜井的井口，据说直径约两米，并砌成四方青砖台基；井上有亭，曰舜井亭；亭内有碑，上书"舜井"二字。舜井亭在 1966 年被毁。今日，人们即便重建舜井遗址，却只见井而不见水，唯有遗憾。

255.
海风习习

水卷浪花拍沙滩，
海风习习轻拂面。
目送白云远方去，
鸥鸣声声报平安。

【解读】

　　海面上白帆点点，与天上朵朵的白云相映生辉，几只飞翔的海鸥迎风飞舞着，展示着它那曼妙的舞姿。游玩的人们，或立，或坐，或卧，或跑，相互说笑着，观赏着蓝天碧水金沙滩，惬意极了。天空飘着白云，海鸥唱着歌曲，海阔凭鱼跃，天高任鸟飞。那海鸥声声，多么像是来自天空的平安喜讯。本诗写海鸥，浪漫亲切；写海景，温馨迷人。

256.

大海味道

梦归故里烹小鲜，

螃蟹贝类垒成尖。

鱼虾海参盘中餐，

海上美味难吃全。

【解读】

　　本诗题目《大海味道》，这个题目很特别。我们也吃过各种各样的海鲜餐馆了，好像还没有起这个名字的，所以开餐馆的人，可以考虑用一下这个名字，虽然名字比较平实，但确实很有"味道"。作者写了餐桌上的各类海鲜，最后一句"海上美味难吃全"，描绘了海鲜的多样与美味，还反映了作者的遗憾之情，更反映了作者对大海的敬畏与赞叹。

257.

海上飘云

海上圆月波光粼粼，
星光璀璨天边飘云。
两岸一家扯骨连筋，
盼望统一华夏归心。

【解读】

    本诗中作者由海上的飞云联想到两岸一家亲，是一首盼望两岸统一的正能量作品。本诗格调较高，主题深刻，反映的问题是每一个心系祖国统一大业的中华儿女所关心的问题，而且每句用八个字来书写，在形式上也有一定的创新。作者多次与台湾学者进行学术交流，大家都期盼祖国统一。

258.

里　分

里分小院家家亲，
亭台泉水人人近。
高楼林立无古迹，
拆遍东乡迁西村。

【解读】

与其他城市的胡同、里弄一样，济南小楼深巷的小胡同被称为
"里分"。如同一本历史记录册，老里分的一砖一瓦，户户泉水，家
家亲近，都记录着历史的诡谲多变，岁月的沧海桑田。走进这些老
里分，你才能真正贴近市井生活。如今城市拆迁，往往忽略了一些
历史古迹和民俗文化，取而代之的是毫无风格的简易楼房，已经改
变了市井面貌，湮灭了岁月风尘。

259.

蒙 山

风卷残云蒙山红，
支援革命已成功。
改革开放须跟进，
老区也要新发展。

【解读】

　　蒙山是沂蒙山区革命根据地的重要地点，可谓是革命要塞，所以也称为蒙山红。抗日战争时期，蒙山地区发扬英勇作战的精神，建立和扩大了山东抗日根据地。解放战争时期，中国人民解放军华东野战军在此组织了举世闻名的孟良崮战役。如今革命已经成功，老区也要解放思想，继续发展。

260.
九华山

群山环抱峰连峰，
各路神仙居此中。
庙宇林立香火盛，
处处可闻木鱼声。

【解读】

九华山位于安徽省青阳县，又被称为陵阳山、九子山，为中国佛教四大名山之一，而且素有东南第一山之称。李白《望九华赠青阳韦仲堪》云："昔在九江上，遥望九华峰。天河挂绿水，秀出九芙蓉。"本诗描写了九华山历史悠久，佛道皆荣，文化灿烂香火盛。

261.

石　岛

日出东海打鱼船，
港口最近石岛湾。
三面环海建古镇，
天赐良港近自然。

【解读】

　　石岛湾位于山东半岛最东端荣成市石岛镇，这里有我国北方最
大的渔港、国家一类开放口岸石岛港，国内外客商来往频繁。这里
还有丰富的渔俗文化。作者诗中的石岛具有一派安静祥和的景象，
是东海渔船最近的港湾，这里三面环海，古老的城镇坐落在这里，
享受着天然良港赐予的恩典。

262.

闪　电

一条火龙撕破天，
惊雷炸响山地颤。
倾盆暴雨泻人间，
狂风席卷半边山。

【解读】

　　作者在本诗中把闪电比喻为一条火龙，形象而生动。火龙在天空猛然出现，伴随一阵惊雷，像是要撕破乌云密布的长天，山川都感到了震颤。刹那间，倾盆暴雨狂泻向地面，狂风呼呼，像是要把高山掀翻。这首诗描写了惊雷暴雨的场面，以火龙比喻闪电，以"泻"字形容暴雨，读后让人有身临其境的震撼。

263.
学生拜年

过了小年迎大年，
老师家中笑开颜。
牵挂学生事业好，
关怀老师身体健。
师生一场情谊深，
回味时光似甘泉。

【解读】

　　作者本诗描写了学生在春节期间到老师家里拜年的场景。作者作为山东大学的资深教授，招收和培养的硕士及博生研究生共有一百多名，所以，逢年过节，作者的学生会结伴去作者家中给老师拜年。作者会和他们回忆和畅谈自己学生时代的一些事情，气氛温馨，其乐融融。回味过去的美好时光，就像品味着甘甜的泉水一样清爽。

264.

雪 窝

烟台威海下雪多，
堪称东方大雪窝。
三面环海北风朔，
小雪飞舞大雪落。
沟满壕平过膝深，
山河银装天地阔。

【解读】

    "窝"，在汉语中是家或者住所的通俗说法，它也可以作为数量词，指群体的聚集，例如：一窝小猪，一窝小猫。雪窝，很显然，意指下雪很多的地方。在中国，地处东半岛的烟台和威海，由于冬季降雪量高于地理位置相近的其他地区，因而有"雪窝"之称。烟台是作者的家乡，作者在本诗中描写了烟台威海下大雪时的美丽雪景。一年二十四节气，小雪节气下小雪，大雪节气下大雪，这就是作者的家乡。

265.

崂　山

东海云雾露巨峰，
浪涛澎湃欲震松。
道观细品崂山茶，
清香沁入沉思中。

【解读】

　　崂山是青岛的名山之一，其东高而悬崖傍海，西缓而丘陵起伏。它拥有中国海岸线上的第一高峰，有着海上"第一名山"的美誉。当地有一句古语说："泰山虽云高，不如东海崂。"崂山还是道教名山，山上道观众多。在崂山的道观里细品清茶，茶香一缕，沁人心脾，云蒸雾绕的风景，道家文化的精髓，都惹人深思。

266.

自　醉

后海饮酒我自醉，
台上歌曲靡霏霏。
人生难得忘情怀，
醒酒不需有人陪。

【解读】

　　作者在北京后海饮酒，由于喝得比较痛快，便喝醉了。台上的歌曲也让人沉醉。人生难得有忘情的时候，虽然作者有些醉了，但他只想一个人慢慢醒酒，就不需要谁来陪了。作者这首诗也是在当时情景下的有感而发，抒发了当时畅饮、忘我、享受孤独的情怀。

267.

怪 坡

泉城南部山岭多，二环东南有怪坡。

上坡不知是上坡，下坡不知是下坡。

弯弯曲曲引潜行，稍有不慎难刹车。

为避事故另开路，宁穿隧道不走坡。

【解读】

  济南怪坡位于济南市二环东路与二环南路结合部，全程大约五公里，最怪路段一公里多。怪坡最大的特点就是坡陡、坡长，两侧的景物容易使人产生严重的错觉，正像本诗中所说的："上坡不知是上坡，下坡不知是下坡。"所以容易引发事故。作者最后建议大家，为了安全起见还是绕路吧。可见选择道路的重要性，话说回来，人生的道路不也是这样码？

268.

向日葵

少时花开大如盘，
朝东暮西逐日转。
年迈垂首身仍坚，
子嗣不改向阳看。

【解读】

本诗描写了向日葵的特点，赞扬了向日葵始终向阳和坚持不懈
的品格。向日葵开花的时候就是大圆盘的样子，早晨向东，傍晚向
西，它的大如圆盘的花朵始终一直向太阳观看。即便向日葵成熟
变老以后，它的子嗣们来年生长仍然朝东暮西，不改朝向太阳的特
性。这就是遗传，后天培养是培养不出来的。

269.

发呆亭

仙山探海立孤亭，
乱云飞渡欲求静。
发呆梳理万千绪，
冷看浮尘心愈清。

【解读】

　　"发呆亭"顾名思义，就是吃饱了喝足了，没事干的时候坐在里面发呆用的。本诗就描写了某片海边的一个发呆亭。在海边的一座仙山上，立着一个孤单的亭子；在风云变幻的世界里，亭子里却保留了那样一份安静。这是一座发呆亭，你可以在这里慢慢梳理你那些纷乱的思绪，冷静地看着红尘之中的风风雨雨，心智愈加感到清醒。由此可见，定期反省自己，定期总结自己，定期鞭策自己，方能不忘初心。

270.
惜青春

时光飞逝又一年，
扣心问己可偷闲？
岁月无情催人老，
不可虚度每一天。
初心不忘莫贪懒，
珍惜青春在眼前。
不思进取难进步，
大鹏展翅前程远。

【解读】

　　青春岁月是人生中最美好的日子，然而，遗憾的是，很多人在青春岁月中浪费了大好光阴，在老去的岁月里一事无成。作者眼看着岁月飞逝，扣心自问：我是否虚度了我的青春岁月？并且强调：不可虚度每一天。作者勉励人们要不忘初心，珍惜青春，只有勇于进取，才能宏图大展。

271.

陀　螺

陀螺飞转需加鞭，
越抽越快越疯癫。
停抽旋转自然止，
陀螺存世不离鞭。

【解读】

　　一个陀螺需要被鞭子抽打着才能旋转，鞭抽得越快，这个陀螺旋转的也就越快速。同样，一个人也要被一些人生目标鞭策着才能进步；就像一个陀螺被不同的鞭子和不同的执鞭人抽打着，就会有不同的旋转时间和旋转路径一样。一个人被不同的机遇和不同的选择引导着，就会有不同的人生轨迹。毫无疑问，陀螺只要还想旋转，就肯定离不开鞭。

272.

乡 音

一方水土一方人，
一种饮食一口音。
江山易改性难移，
乡音虽土闻来亲。
漂泊四海不愁孤，
乡音能识故乡人。
各种语言都知晓，
乡音一吐情更近。

【解读】

　　本诗满含深情的抒写了乡音的特点以及他对乡音的眷恋。乡音是人人都有的，而且很难改变。不管人生的旅途怎么走，任凭你漂流到异域他乡，会说多国语言，就算昔日的少年变成了白头老者，总有一样东西依然不会改，那就是由声调、方言、语词习惯等成分构成的乡音。离散多年的儿时玩伴偶然遇到，会在顷刻间打开你的记忆之门，返回早已飞逝的岁月，虽然土气，听来却格外亲近。不是说"老乡见老乡，两眼泪汪汪"吗？一点都不假！

273.

红

红日红云红包重，
红衣红烛红灯笼。
红茶红酒红双喜，
红人红业红彤彤。

【解读】

　　本诗写"红"，红的本意是一种颜色，但在本诗中，还兼有红红火火的意思。本诗的布局很有特点，整体核心就在于一个"红"字，以常见的红色喜庆事物为主题，综合红日、红云、红包、红衣、红烛、红灯笼、红茶、红酒、红双喜，一抹抹中国红交相辉映，最后以红人、红火的事业作为结尾，反映了人们对事业红红火火的美好祝愿。

274.

痛 风

胡吃海喝来一通，
尿酸升高拇趾疼。
只因体中缺解酶，
酒肉海鲜不能碰。

【解读】

　　痛风是一种常见的关节疾病，患者经常会在夜晚出现突发性的关节痛，最常发病的关节是大拇指，疼痛感类似于被火烧一样。造成痛风的本质原因是体内尿酸水平的升高，造成了尿酸盐在关节和肾脏部位的沉积。饮食的主要原因包括吃了太多的肉类和海鲜，畅饮了过多的啤酒。作者指出，患者体内缺乏代谢尿酸的解酶才是患病的根本原因。

275.

武 训

无钱创业难上难，

劝君看看武训传。

文盲办学受人辱，

为筹薪水去讨饭。

举世无双称楷模，

万人敬仰代代赞。

【解读】

　　本诗赞颂了"千古奇丐"武训依靠乞讨创办义学的事迹。武训1838年出生在山东堂邑县（今山东冠县），原名武七，清廷为嘉奖其兴办教育之功，取"垂训于世"之意，为他改名武训。武训七岁丧父，乞讨为生，求学不得；十四岁后，离家当佣工，屡屡受欺侮，吃尽文盲苦头，决心行乞兴学；二十岁当了乞丐；于1888年开始先后创办三所义学，于1896去世，是中国历史上以乞丐身份被载入正史的唯一一人。诗中透露出作者对武训本人的崇敬与赞扬。一个乞丐都能够创业，而我们，还有什么理由无所事事呢？

276.

孤 雁

霜天暮色秋风寒，
南去大雁飞过山。
孤雁伤翅落河畔，
仰天哀鸣呼同伴。

【解读】

　　这首诗描写了一个失群孤雁的悲惨遭遇。迎着秋天的霜寒，迎着秋风的凄冷，南去的雁群相依相伴，飞过一座又一座高山。这时候，一只孤雁因为翅膀受伤，再也飞不动了，跌落在湿冷的河畔；它又害怕又孤单，却又无可奈何，只能仰天高望，发出长长的哀鸣，希望能有来相助的伙伴，可是，它也只能眼睁睁看着，南去的雁阵越飞越远。

277.
黎　明

思绪万千飞马腾，
手握缰绳一路情。
身心疲倦途中累，
梦醒驿站盼黎明。

【解读】

　　这首诗写了作者梦中在旅途驿站感到疲惫而热切盼望黎明的心情。梦中，思绪万千，像是万马奔腾，手里紧握着缰绳，一路纵情狂奔，大千世界，尽收眼底。终于到达驿站，身心已疲惫不堪。顿悟，人生如梦，已度过了大半辈子，不能再这样混了。要活出自己，活出个精彩。昨日如夜，翌日如昼。人生中从没有像今天这样，盼望着黎明的到来。

278.
藕

粉花绿叶浮水面，
颈扎湖底与根连。
哄赞荷花唱清高，
藕不入泥哪有莲。

【解读】

本诗描写了藕，同时写到了莲花与莲蓬。莲花是莲藕的花朵；藕是莲藕根茎，长在水底的淤泥里；莲蓬是莲藕的果实。红色的莲花，翠绿的莲叶，浮在水面上；莲茎藏在湖水里，莲藕长在淤泥里。世人只知道称赞荷花的出淤泥而不染，岂不知道，如果没有莲藕在淤泥里扎根，哪里又会有荷花的孤傲清高、不染风尘？荷花与藕为一体，而世人的评价却褒贬不一，可见作者寓意深远。

279.

蝌　蚪

浅溪蜿蜒蒲草稀，
风触水面起涟漪。
蝌蚪水中逐嬉游，
盼得尾去四肢齐。

【解读】

　　蝌蚪是青蛙或蟾蜍的水生幼体。在蜿蜒曲折的浅溪之中，有些蒲草在水中飘摇浮动；清风拂过水面，惹起阵阵涟漪；蝌蚪在水中开心游玩，追逐嬉戏；它们都盼望着尾巴能尽快消失掉，尽快长出整齐的四肢，化为成熟的青蛙的样子。本诗描写了蝌蚪的生长环境以及生长状态，并拟人化的遥想了蝌蚪盼望成长、成熟的少年心情。

280.

静静的夹河

垂柳两岸护夹河，
水清缓缓泛银波。
南接群山北入海，
夏开荷花冬嬉鹅。

【解读】

　　夹河是作者故乡的主要河流。夹河两岸，垂柳成行；河水清清，微波荡漾；河的南面连接着巍巍群山，河水向北汇入宽广的海洋。夏天有荷花在水中开遍，冬天有天鹅来这里过冬。这首诗描写了夹河的景色、以及夹河在地理位置和冬夏季节中的主要特点，反映了作者对故乡的热爱之情。

281.

露

初秋晨起遍地露，
入林采蘑幽深处。
鸟语花香蝶起舞，
树湿上衣草湿裤。

【解读】

    初秋的早晨，林间飘起了浓浓气雾；我们在这样幽深的山林里，一起相约去林中采蘑菇。山林里鸟语花香，蝴蝶起舞；因为雾气浓重，大树沾湿了上衣，小草沾湿了裤角。这首诗描写了秋日清晨林中采蘑菇的温馨场景，末句"树湿上衣草湿裤"更是将林间浓雾以生动形象的语言侧面烘托出来，妙趣顿生。

282.

北方的冷

我爱北方的冷，
北方有冬天，
冬天风很冷。

我爱北方的冷，
冬天有大雪，
大雪天很冷。

我爱北方的冷，
冬天气温低，
温低空气冷。

我爱北方的冷，
冬天无蚊蝇，
蚊蝇最怕冷。

我爱北方的冷，
冬天水结冰，
结冰比水冷。

我爱北方的冷，
因冷房屋暖，
屋暖感情增。

我爱北方的冷，
冬天树叶落，
叶落树枝清。

我爱北方的冷，
杂草被雪封，
雪封世界净。

【解读】

　　本诗是一首现代诗，描写了北方的冷，并强调了作者"爱"北方的冷。作者为什么爱北方的冷呢？因为在寒冷的季节里，不光有大雪、冷风、落叶、滴水成冰，还有大雪覆盖世界的纯净，还有叶落枝杈的透明，还有温暖舒适的暖气，而且没有惹人厌烦的蚊蝇。作者热爱北方的冷，归根结底，是因为作者热爱自己的故乡。

283.

晨　风

春天晨风暖，万树尽绿染。
夏天晨风凉，蝉鸣声声远。
秋天晨风冷，蛙声已渐浅。
冬天晨风寒，鸡鸣似疑晚。

【解读】

　　本诗描写了四季的晨风，春夏秋冬各不相同。春天的晨风是温暖的，吹面不寒杨柳风，春风又绿江南岸；夏天的晨风是凉爽的，清晨蝉鸣暂歇，蝉声并不悠远；秋天的晨风有些寒凉，秋风吹不尽，蛙鸣声已残；冬天的晨风十分凄冷，因为天明的时间变晚，所以鸡鸣的时间也似乎变晚了。作者用诗意的语言，将四季的晨风描写得动人而婉转。

284.

冬 夜

冬夜漫漫风萧寒，
裹衣独坐庭中院。
月清星稀孤家人，
犬吠寥寥更声远。

【解读】

　　本诗描写了一个孤单的冬夜，一位老人独坐院中，寂寞沉思的情形。冬天的夜晚漫长孤单，寒风萧萧，月清星暗；一位老人裹衣独自坐在庭中的小院；就这么独坐着，没有人和他相伴。远处偶尔传来几声犬吠，不但没能消去老人寂寞的沉思，反而更加平添了凄凉与孤独的氛围。此诗真真有一种"千山鸟飞绝，万径人踪灭。孤舟蓑笠翁，独钓寒江雪"的孤独之感。

285.

寒风起

初冬午夜寒风起，
抢救病人呼叫急。
飞奔直入手术室，
救生使尽洪荒力。

【解读】

　　初冬的午夜，寒风乍起，许多人已经进入了梦乡，我也准备休息；忽然，抢救病人的呼叫声猛然想起，我一刻不停地飞奔进手术室，为了抢救病人的生命，使尽了全身的洪荒之力。这首诗描写了冬天午夜里，一位外科医生进行急诊手术抢救病人的紧张场景，生动再现了外科医生这一职业的辛苦与紧张，嘴上说救死扶伤，做起来谈何容易！

286.

晚　霞

十月青岛秋意重，
水蓝山青屋顶红。
海鸥欢腾逐嬉浪，
西海岸边晚霞浓。

【解读】

　　本诗描写了金秋十月，青岛西海岸边的晚霞风光。十月的青岛，秋意浓重；傍晚时分，红霞映空；海水蓝蓝，远山青青；海边小屋，青瓦红顶；海鸥戏浪，追逐欢腾；西海岸边，如此美景。这首诗主要是写景，写出了青岛的特色，将秋日晚霞以及海边景致描写得美丽而生动，同时寄托了作者对大海的热爱，对青岛的热爱，对秋天的热爱。

287.

海与船

海若无船人离海，
船行大海人乘船。
海喜行船人爱海，
船若离海人弃船。

【解读】

　　这首诗描写了海与船的关系。海上若没有行船，人也就已经离开了大海；航船行驶在大海上，人也会在船上和海上；大海喜欢有船只来往，船上的人也在爱着大海；航船如果离弃了大海，人们也就会离弃这艘航船。这首诗虽然读起来有些晦涩，但讲述的道理却浅显而深刻。事物是相互联系的，一荣俱荣一损俱损。

288.

海 归

云锁夕阳浪涛天，
浩瀚汪洋泛紫烟。
远方归来打鱼船，
翘首亲人码头岸。

【解读】

　　本诗描写了远海归来渔船的情景。作者的故乡在烟台，所以对
大海和渔船有着深厚的感情，也有着细致的了解。夕阳被云层遮住
了，天色马上就要暗下来，这时候的海面上，大浪滔天，在汪洋大
海中，人们隐约看见海面上泛起了一点紫烟，那是远航的渔船在缓
缓驶来。渔民们翘首船头，望眼欲穿，亲人们在哪? 在码头的哪个
地方迎接?

289.

海　风

海风呼啸浪高急，
渔船入港歇生息。
岸边迎风望天涯，
海鸟飞尽无踪迹。

【解读】

　　本诗描写了海上大风的情景。海风可不是闹着玩的，海风可以掀起大浪，海浪呼啸，惊天动地。在这样的天气，渔民都会待在渔港里休息，不会再出海打鱼。站在海边上，迎着海风向远方眺望，海鸟都已经躲藏了起来，再也不见踪迹。本诗写景场面宏大，以写渔船和海鸟的状态反衬了海风的可怕，这种写法值得学习。

290.

凉　心

霜寒叶枯秋风紧，
雁鸣远去夕阳近。
曲散幕落戏如梦，
人情淡薄凉透心。

【解读】

　　这首诗前两句写景，描写了枯叶寒霜，秋风阵阵，大雁南飞，哀鸣声声，夕阳西下，黄昏将近的景象。后两句写心情，就像前面两句的凄凉场景一样，人生也到了曲终人散的时候了。人生恍如一场戏，即将落下大幕；冷眼看着人情淡漠，才知道让人凉透心的事情，莫过于人情世故。本诗抒发了人生如戏落幕后，那孤单、凄凉的心境。感叹人情冷漠，凉心至极。

291.

雪 融

白雪皑皑暖日熏，
忽闻窗外滴水音。
不信光阴往如梭，
却是雪融又迎春。

【解读】

  本诗写下大雪后皑皑白雪融化的情境。皑皑白雪落满屋檐，明亮的日光照得大地有些暖洋洋；这时，听到窗沿滴水的声音，才发觉雪已经开始融化。怎能不相信光阴似箭，日月如梭呢？你看看窗外的雪又化了，我们又要迎来另一个新的春天。本诗写得很暖，很静，是滴水声让人觉察到春天来了。作者借写雪融春回，从侧面烘托出时光的匆匆，从而劝诫大家要珍惜时光。

292.

石　磨

两块扁石摞压摞，
上石旋动两层磨。
偏心有孔入麦谷，
磨转声声见面落。

【解读】

　　石磨是原来用于碾磨麦谷等粮食的农用工具。两块石头摞在一起，上面一块，下面一块，依靠上面的石头旋动，将进入两块石磨之间的粮食磨碎成粉。磨的孔在上块磨石的一侧，而不在中央，麦谷自偏孔进入，经石磨转动，最终面粉轻落。本诗写的石磨是种老物件，现在的孩子很难看到了，石磨虽偏心有孔，但也是为了磨面，偏心不偏爱啊。

293.

一

一天一地一个佛，
一山一桥一条河。
一祠一井一口钟，
一村一碾一户磨。
一族一姓一个祖，
一夫一妻一口锅。
一日一月一劳作，
一年一岁一生过。

【解读】

本诗以"一"为题，从各个角度入手，描写了小景物，也描写了大世界，"一天一地一个佛，一山一桥一条河"，气势何其雄伟壮阔；"一族一姓一个祖，一夫一妻一口锅"，既有生活气息，又有文化传承；"一日一月一劳作，一年一岁一生过"，作者写出了我们的现实生活。时光的流逝，岁月的变迁，作者写出了永远中的变化，变化中的永远，令人深思。

294.

童年的梦

夕阳暮色中，
重温童年梦。
小桥溪水流，
云盘群山峰。
蜂飞蝴蝶舞，
鱼欢青蛙鸣。
开心小伙伴，
玩性尽轻松。
只恨时光匆，
忘记回家中。
父母责归晚，
忽然梦中醒。
一切随风远，
难忘儿时梦。
夕阳无限好，
人老难返童。

【解读】

作者本首诗借着写一个关于儿时玩乐的梦，表达对故乡和儿时岁月的怀念之情。如今人已老去，即便夕阳无限美好，却再也无法返回顽童时代。作者写了梦中的景物，画面美丽温馨。本诗主要写了作者和儿时小伙伴开心玩乐的场景，因为玩得开心，所以回家太晚了，受到了父母的责备，在父母责备正酣时，作者梦中惊醒，写下了这首趣味的小诗。

295.

马蜂窝

老槐树悬马蜂窝，
树下顽童多嬉乐。
恶人蓄意捣窝落，
马蜂顿时炸开锅。
顽童四散哭天破，
众人驱蜂生烟火。
怪蜂怪窝怪天祸？
捅窝罪责难逃脱。

【解读】

捅马蜂窝原意是拿着棍棒去捅马蜂窝，而后马蜂四处逃窜，并会对入侵者进行反击来护家。比喻自己给自己招惹麻烦。起初，人和马蜂窝能和平相处，不知道哪个恶人，故意捅了马蜂窝。马蜂就是这样，人不惹它，它也不蜇人；人如果惹了它，它就会蜇人。它要是蜇了人，自己也会死。本诗最后总结，那个捅马蜂窝的人随意做伤害旁人的事，损人不利己，才是最可恨的。在现实生活中，人们往往怪罪马蜂，而忽略或刻意赞扬捅马蜂窝的那个人，你说，上哪儿评理去。

296.

开　海

休渔禁海一百天，
鱼壮虾肥兆丰年。
鞭炮齐鸣千帆出，
舱满归来难靠岸。

【解读】

　　本诗描写了禁渔后渔船满载而归的丰收景象。禁渔就是在一年中的一定时期和一定地点禁止渔民捕捞鱼类等海洋生物。这段时期一般为鱼类的交配繁殖期，禁渔可以保证鱼类的正常繁殖，是一种可持续发展的表现。禁渔时间一般为三个月左右，约一百天。禁渔过后，渔船们欢乐出海，凯旋的时候，因为渔船太多，都得排队等待靠岸。

297.

水 果

南方水果香，
剥皮只吃瓤。
北方水果甜，
内外均可尝。
要当水果王，
南北都生长。

【解读】

南方的水果，像是香蕉、橘子、榴梿、山竹等，大多是剥掉果皮，只吃果瓤的；北方的水果呢，像苹果、桃子、草莓、甜瓜等，大多是可以带着果皮吃的，果皮果肉都可以品尝。那么，谁才是水果之王呢？南方和北方都可以生长，都喜欢大口大口吃的水果，才可以称得上水果之王。是谁呢，西瓜吧。本诗描写了南北方水果的区别，可见作者观察事物的目光之犀利。

298.

飘

风吹白云飘，
梦中心已高。
春风锁不住，
起航上碧霄。

【解读】

　　飘，这个动作总是惹人向往，轻飘飘，是多么美的享受啊。风儿吹动白云，白云随风飘飞，在少年的梦中，他的理想也飘飞在高空之上。春风锁不住我们的梦想，它必将随着飘飞的白云，自由地启航，高高地翱翔在云天之上。"春风锁不住"，是颇值得玩味的诗句，相似的表达有"春色满园关不住"和"铜雀春深锁二乔"。

299.

风　筝

天高云淡秋风起，
白鹤翱翔收眼底。
握紧手中风筝线，
尽情放飞到天际。

【解读】

　　本诗写风筝。风筝是适合在天高云淡的天气里放飞的，在秋风中飞舞，在天上遨游；白鹤是风筝的模样，飞翔是风筝的梦想；风筝在天上高高飘扬，可以俯瞰整个大地的美景，享受自由的荣光。但是，向往自由的风筝啊，切莫忘记给力的风筝线，只有放飞的人牢牢绷紧手中线，你才能够被尽情放飞，而不至于迷失正确的方向。本诗以风筝喻自由，以风筝线喻规则，引人思量。

300.
爱朦胧

晨曦白雾浮山间，
溪流鱼跃蛙声远。
林中鸟鸣蝶飞舞，
春色朦胧生爱恋。

【解读】

春天是美丽而顿生情愫的季节。春天的早晨，白雾在山间浮动，小溪在山谷间轻快的漂流，欢乐的鱼儿高高跃起，蛙鸣声渐渐远去。山林中，鸟儿唱出欢快的歌，蝴蝶跳起欢乐的舞步。在这春意盎然的季节，我们怎能不热爱这大自然的一草一木，怎能不爱恋这春天朦胧的情愫。本诗作者给我们描绘了一幅春天与享受春意的温馨画面。

301.
赌

赌，赌，赌，赌徒喜欢赌。
有钱忙赌钱，
嗜赌眼无珠。

赌，赌，赌，无聊喜欢赌。
有闲赌时间，
赌到意志无。

赌，赌，赌，稀里糊涂赌。
整日瞎胡吹，
水平二百五。

赌，赌，赌，劝君莫行赌。
生命诚可贵，
时光留不住。

【解读】

　　本诗旨在劝诫人们不要沉迷于赌博，但又比单纯劝诫赌博的立意更深、更远。通俗意义上的赌博只是赌钱，只是本诗第一节体现的内容。本诗在此基础上，又深化了主题，提出了不要赌闲，不要赌懒，赌闲就是浪费时间，赌懒就是胡吹瞎侃，最后一节又在这一主题上进行了总结，告诉人们要珍惜时光，珍惜生命，达到了更高意义上的劝赌，立意高远。

302.

梦

梦，梦，梦，谁不做好梦？
梦里娶媳妇，
梦里金榜中。

梦，梦，梦，谁爱做噩梦？
梦中家被盗，
梦里车被碰。

梦，梦，梦，谁人没有梦？
梦想当大官，
梦想成富翁。

梦，梦，梦，不能光做梦！
天道定酬勤，
好运伴终生！

【解读】

本诗以"梦"为主题，描述了好梦：娶媳妇，中状元；也描述了噩梦：家被盗，车被碰；也描述了升官发财的"大众梦"；但最后一句才是最重要的点睛之笔：天道酬勤，好运也是奋斗出来的！光做梦？白搭！劝诫大家：勤劳才能实现真正的梦想。

303.

老 井

村头老井常自溢，
内圆口方石砌壁。
井浅甘甜万家饮，
千年不枯涌传奇。

【解读】

    作者写了这样一口老井，它静静地卧于村口，雨水丰盈的季节，常常水满自溢；它内圆口方，周圈由石头砌成。这口井比较浅，但井水却十分甘甜，养育着周围四方的万家百姓。它坐卧千年，常年不枯，真是书写了一个又一个传奇。看得出对于作者来讲，这是一口充满了回忆和温情的井，而且吃水不忘挖井人，它也承载了作者的感恩之心。

304.

牡　蛎

潮落礁石叠牡蛎，
凸凹陂陀层层挤。
房中浆肉味美鲜，
滋阴补阳药功奇。

【解读】

　　这首诗描写了牡蛎这一常见的海鲜食品。作者的故乡在烟台的海边，经常会吃到海鲜，所以对牡蛎也是非常熟悉了。本诗首先描写了牡蛎的样子，潮水渐退，礁石层层叠叠，在这些礁石上，牡蛎也层层叠叠积压在一起，并且凸凹无序。虽然样子不美，但是牡蛎的肉质十分鲜美，而且具有滋阴补阳的奇特药效，怎不让人喜爱呢？

305.
叹

日过当午寿将半，
不求余生挥尽汗。
往事前尘随风逝，
携手云峰居幽山。

【解读】

　　作者通过这首诗写出了自己欲做闲云野鹤、云居幽山的淡然心
境。日过当午，人生过半，该经历的风风雨雨，都已经经历了；该
享受的荣华富贵，也都看淡了。前尘往事，到此刻，都已经成了过
眼烟云。余生应该学会放下了，不需要再挥汗如雨的打拼了，倒是
可以幽居山林，与大自然为伴，真真正正的放松一下！

306.

眼　云

静观烟雾大半生，
一切尽在不言中。
且看夕阳无限好，
国色待放百花丛。

【解读】

何谓"眼云"？应该就是"过眼烟云"。风雨中走来，一路跌
跌撞撞忍着痛；人海里流浪，半生浮浮沉沉谁懂我？这一刻，静观
人生，一切皆过眼烟云，说什么呢？且看夕阳无限好，一切尽在不
言中。有时候，也只能沉默，沉默是一种具有独特气质的高贵，静
静地看着，静静地等着；国色能安于喧哗？静静地盛放吧，让喧嚣
的花丛闭上嘴巴。

307.

小 溪

两面青山晨曦明，
小溪蜿蜒依涧行。
牧童牵牛绿草茵，
林中深处闻鸟鸣。

【解读】

　　这首诗描写了美丽、宁静的山居画面，山川秀丽，意境优美，让人心驰神往。一个晴朗的早晨，两面青山相对，小溪唱着轻快的歌谣，在山谷间穿梭而行。一个放牛的小牧童，将牛牵到了绿草茵里，牧童和牛都是轻松、愉悦的；周围是如此的安静，除了从丛林深处，传出的清脆的鸟鸣声。

308.

小　路

群山起伏尽连绵，
小路蜿蜒绕云间。
一头牵着小山村，
另端通向山外面。
曲径通幽羊肠路，
走出多少青少年。
勇闯天下立壮志，
谱写无数好诗篇。

【解读】

　　许多小山村位于大山深处，连接小山村和外面世界的唯一通道，往往就是这些山间的小山路。小路盘旋在群山之间，就像在云朵间飞翔。这些小路虽小，却曲径通幽，那些原始而又美丽的小山村，就是它们的归宿。无数身怀壮志的青少年从小山村沿着小路走到外面的世界，又写下无数成绩斐然的诗篇。所以呢，这些小路也功不可没，值得赞扬！

309.

小山村

山岚深处闻鸡鸣，
不见田里忙耕种。
拾级而上入村口，
犬吠门开露顽童。

【解读】

　　这首诗写的是当今的小山村没有青壮年的劳动力在田里耕作，家里仅仅留下了老人和儿童的现实情景。大山深处，孤独寂寞的小山村，偶尔只能听见几声犬吠鸡鸣，田里却没有人在劳动；沿着山路拾级而上，进入村口后，叫开普通百姓家的大门，开门看见的，也只是留守在家里的顽皮儿童。

310.

小渔村

兀崖入海水连天，
茅草屋顶飘炊烟。
妇幼抬筐奔海岸，
夕阳催舟归港湾。

【解读】

    这首诗描写了小渔村的生活场景，画面朴素而温馨。小渔村地处悬崖入海的地方，天连着水，水连着天。在小渔村的茅草屋里，开始飘起了袅袅炊烟，做好晚饭等待着即将返航的渔船。夕阳渐渐西下，这时候，晚归的渔船回来了，家里的妇女和儿童，高兴地抬着鱼筐，急急忙忙地奔向海岸，有丰收的喜悦，有团聚的温暖。

311.

小 桥

溪水蜿蜒经山涧，
小桥横架河两边。
老翁背柴桥上过，
夕阳映红半边天。

【解读】

　　这首诗描写了夕阳西下时老翁背柴过桥的温馨场景。小溪蜿蜒曲折，从山涧的底部轻轻流过；小桥横架在山涧的两岸，夕阳的红光映照着蜿蜒的小河；有一个老翁背着刚打的柴火，一步一步从桥上走过；夕阳照着老人的背影，霞光映红了半边长天。这首诗的描述非常简洁，整个画面交相辉映，色彩鲜明，给人"夕阳无限好"之美感。这就是一幅画，这就是一处景，确实美。要选画就选它，挂在墙上；要取景就取它，存在心里。

312.

海码头

白鸥盘旋百船归，
岸上鱼虾垒成堆。
买卖双方皆开心，
海风驱尽身心累。

【解读】

这首诗描写了海边码头上买卖海鲜的热闹场面。白鸥在天空盘旋飞翔，渔船满载着鱼虾归港。你看，岸边的码头上，新鲜的鱼虾早已堆满，只等待着顾客来挑选。渔船归来鱼满舱，买卖双方都开心；尽管也感到身体有些劳累，但海风一吹，身体的劳累也就散个精光。这首诗体现了作者对家乡的大海、渔民和海产品的喜爱。

313.

老家的海

老家的海在北面，
天连着海，
海连天。
一片汪洋伸天边。

老家的海在北面，
东临夹河，
西望山。
一望无际银沙滩。

老家的海在北面，
冬起北风，
夏风南。
一年四季雾霾远。

老家的海在北面，
食有文化，
家有钱。
鲁菜发源在福山。

【解读】

　　这首诗是作者为家乡的大海而写的，充分表达了作者热爱故乡、热爱大海的情感。作者的老家在烟台福山，大海在北面，作者描写了故乡及大海的某些特征：海天相连，汪洋无限；东边有河，西边有山；冬风为北，夏风为南；沙滩如银，雾霾遥远；饮食文化，鲁菜发源；最为关键，家家有钱。作者说了这么多好处，是不是读者都很向往了？

314.

山　泉

松柏苍翠叠峰峦，
曲径通幽寻仙坛。
忽闻水声深林处，
千年泉源居幽山。

【解读】

　　这首诗写了作者在深山老林寻访时，忽遇千年温泉的情景。在苍松翠柏的深山里面，峰峦层层叠叠一望无边；作者在曲径通幽的山路上前行，想要去寻访传说中的神坛；忽然一阵水声自层林深处传来，原来是一口千年的泉源，幽居在这深山老林里面。读完此诗，是不是有"山重水复疑无路，柳暗花明又一村"的感觉。这首诗写得很美很有韵味。

315.

春　来

路边桃花开，
方知春天来。
久盼及时雨，
春耕时不待。

【解读】

　　春天是最美的季节，也是耕种的季节。怎么最美？且看那桃花盛开；怎么耕种？且等那细雨到来！但是，有些事情是不能等待的。春天到来，桃花盛开；抓紧时间耕种劳作吧，虽然春雨未至，但时不我待。作者享受着美丽的春天，也勉励大家要勤耕农田。人生奋斗不也是这样吗？

316.
小人吟

小人无节难姑息，
君子结交贵相依。
小人如草是非多，
无须斩草应远离。

【解读】

　　小人是君子的"反义词"，专指喜欢搬弄是非、挑拨离间、隔岸观火、落井下石的一类人，与君子相反。小人是卑鄙而不走正轨的。落井下石是他们的一贯伎俩，挑拨离间是他们的常用手段，而自己还扮演和事佬，假装好人。心口皆是是君子，心口皆非即小人。本诗认为小人像杂草一样，铲除不尽，思其烦心，见其恶心，近其吃亏，对小人只能远离为佳。这也是作者在本诗给我们的最大启发。

317.
市　集

福山大集数百年，
东扯城头西连天。
天下万物皆有售，
三六九日定相见。

【解读】

　　不管农村还是城市，大家都喜欢赶大集，福山人民也是如此。赶大集是有悠久历史的。大集的要义就是大，从东到西，距离很远。既然这么大，那么售卖的产品必然是十分丰富的；而且大集都有固定的开集时间，人们都约好了，在三六九日大集相见。随着物质发展和购物方式的改变，这种大集现在是越来越少了，颇让人怀念从前。

318.

帆

蓝天碧海扬白帆，
船满鱼虾欲归岸。
风吹船急千帆过，
海鸥起舞绕船边。

【解读】

　　本诗描写了渔船捕鱼归来的场景，岸边到处洋溢着欢快、喜悦的气氛。天空蔚蓝，大海广阔，朵朵白帆从远方归来；船舱里堆满了捕来的鱼虾，又是满载而归的凯旋；风鼓船帆，逐浪向前；海鸥在海面翻飞，渔船急切要归岸。本诗描写了渔船归航时渔民的欢乐心情，读来有一种美与悦的享受。

319.

野　菜

冬去春来粮已尽，
田埂水边野菜寻。
清水煮菜裹肠饥，
灾年旷野一洗贫。

【解读】

　　冬天远去，春天归来；缸里的粮食米面都吃光了，只能到田埂水边去寻那稀疏的野菜。把野菜冲洗干净，再把清水烧开；把野菜放到清水里蒸煮，用来填饱肚子。在自然灾害的年月里，人们都到田野里去挖野菜，所以，田野反倒是被挖的"一贫如洗"，啥也没有了。本诗通过写野菜，反映了老百姓在艰苦岁月里的困难和无奈。

320.

沂水河

沂蒙山脉风光美，
松柏柞槐伴溪水。
野禽飞遍红叶谷，
沂水清清使人醉。

【解读】

　　本诗写了沂水河以及沂蒙山区的秀美风光。沂河为山东省内较大的河流，也是沂水县内过境的最大河流。沂水河发源于沂源县鲁山南麓，是沂蒙山脉的主要河流之一。沂蒙风光，秀丽壮美；松柏柞槐，相映生辉；溪流悠远，野禽翩飞；红叶漫谷，绿水低洄。如此风光，怎不惹人心醉神迷？

321.

山中柿树

柿树傲立荒山岭，
霜染柿红分外醒。
枯草瑟瑟秋风劲，
大雁飞过不留影。

【解读】

　　本诗描绘了一幅柿树变红、大雁南飞的深秋的景色。在深秋的瑟瑟寒风之中，柿子树傲然挺立在荒山野岭，清晨与傍晚的寒霜，将柿子催染的分外鲜红；荒山上掠过苍劲的秋风，枯草在寒风中瑟瑟抖动；南行的雁阵已经飞过，没有留下任何身影。本诗描绘了深秋的景色，荒山、大雁、枯草、柿红，构建了一幅美丽的深秋图景。给人一种空旷，寂静，深远的感觉。

322.

狂 风

乌云翻滚雷声隆，
瞬间天暗尘土腾。
突见闪电撕破天，
霹雷暴雨骤狂风。
树倒灯灭路成河，
沟满壕平车马停。

【解读】

狂风有多狂？狂风有多疯？这首诗给出了答案。天上乌云翻滚，传来隆隆雷声；瞬间天昏地暗，转眼尘土飞腾；闪电怒将天空撕破，随之而来的是暴雨狂风；大树被风吹倒，路灯瞬间熄灭；道路水流成河，沟壕全部填平；车辆全部都停在路边，风雨把一切叫停。本诗细致描写了狂风暴雨时的景象，读来让人有身临其境的感觉。

323.

炊　烟

夜深人静思故乡，
梦中回家见爹娘。
远望炊烟袅袅起，
儿时饭菜已飘香。

【解读】

　　这首诗写出了作者对故乡和父母浓浓的思念之情，虽然言语平实，但真情充沛，感人至深。在夜深人静的时候，作者思念起自己的故乡。仿佛是在梦中，作者回到了自己的家乡，见到了亲爱的爹娘。作者远远地看到家里炊烟袅袅升起，仿佛已经闻到了儿时饭菜的清香。故乡是一个人永恒的记忆，而在那记忆深处，印象最深刻的就是儿时饭菜的香味，那是故乡的味道，是童年的味道，更是父母的味道。

324.

银杏树

日照银杏第一树，
七搂八拃一媳妇。
风雨三千七百年，
枝繁叶茂健如初。

【解读】

　　本诗写了日照市莒县浮来山风景区的"天下第一银杏树"，传说春秋时期鲁国和莒国国君就在此树下结盟，可谓历史悠久。该树至今仍枝繁叶茂，生机盎然，令人称奇。"七搂八拃一媳妇"是个历史典故，相传明朝莒县一书生进京赶考，在树下休息时，想用搂抱的形式来测量树的树围。书生搂了七搂还没转到起点，正在他想搂第八搂的时候，才发现量树的起点竟站着一位少妇。书生不想放弃自己的测量，于是就只好改为用手拃，数到第八拃的时候，正好到那少妇身边，可是，那少妇身体所占的位置怎么算呢？书生想不出别的办法，就只好把少妇的体宽也算测量的一个长度，于是银杏树的树围就有了"七搂八拃一媳妇"的趣闻。

325.

乌　龟

风紧雨骤龟漫行，
阅尽世间万种情。
不为一时争高低，
适时入水求安静。

【解读】

　　本诗抒写了乌龟的自在逍遥、从容不争，在《庄子》里也有相似的叙述。庄子在水边钓鱼，楚王派了两位大夫前往，希望可以请庄子做楚国的大臣。庄子手持钓竿，头也不回，说："我听说楚国有一只神龟，死的时候已经三千岁了，楚王把它用丝巾包好，盛放在竹箱里，珍藏到庙堂之上。这只神龟，是宁愿为了留下遗骨获得尊贵而死掉呢？还是宁愿活着在泥浆里拖着尾巴爬来爬去呢？"两位大夫都说："宁愿活着在泥浆里拖着尾巴爬来爬去。"庄子说："两位请回吧。我也将在泥浆里拖着尾巴爬来爬去。"

326.

喜 鹊

雪压枝头夕阳红，
房前屋后喜鹊鸣。
旧岁恋恋不肯去，
喜鹊迎新笑春风。

【解读】

　　本诗写了喜鹊在雪中与人们一起辞旧迎新的欢乐场景。喜鹊是代表吉祥如意的鸟类，喜鹊出现，代表着喜事将临。大雪压低了枝头，夕阳发出了喜庆的红光；房前屋后，有几只喜鹊在欢快鸣唱。旧日的岁月虽然让人流连，旧岁也不情愿让自己成为过往；但喜鹊的叫声洋溢在空气中，它们欢呼着迎接，那春风吹来的春天的模样！

327.

雨　后

昨夜风雨伴梦醒，
鸡鸣天晴飞彩虹。
雨后风润涤心肺，
换来满目绿莹莹。

【解读】

　　作者本首诗写了雨后的一片清新景象。昨夜一番风雨，把我从梦中叫醒；清晨起来雄鸡高唱，又迎来了另一个黎明。雨后的清风涤荡着疲惫的心灵，天边还出现了美丽的彩虹。你看那雨后的世界，满目皆是新绿，空气多么清新，都是这场喜雨，带来的舒畅与欢欣。本诗通过描写雨后的美景，表达了作者轻松愉快的心情。

328.

忆母校

村上茅草屋，
是我的第一所母校，
小学的我，
从此踏上求知跑道。

公社山坡下，
是我的第二所母校，
初中的我，
大胆怀疑科学奥妙。

县城郊外边，
是我的第三所母校，
高中的我，
从此起航文学爱好。

青岛医学院，
是我的第四所母校，
大学的我，
立志成为医学杰豪。

甲子一挥间，

曾经母校皆已烟消，

怀念母校，

感谢育出无数骄傲。

【解读】

作者在本诗中怀念母校。小学是一所茅草屋，作者从这里开始了求学生涯；初中是一所公社学校，开始接触科学学习；高中是县城高中，在这里有了文学爱好；大学是青岛医学院，在这里开始医学探索。转眼六十年，曾经的母校，有的消失了，有的改制了，往事已经烟消云散；但作者对母校的那份怀念，依然在心头环绕；对母校的感恩之情，也是溢于言表。

329.
故乡的云

绵绵山脉天边云，
远隔重洋倍思亲。
欲乘彩云飞故里，
千金难平游子心。

【解读】

　　看着连绵起伏的山脉和天空飘着的白云逐渐远去，作者此刻加倍思念故乡的亲人。作者多么想直接骑在白云的身上，让它带着作者飞翔，飞到作者日思夜想的故乡。如今，虽然作者在异国取得了成功，赚了大把的金钱，但也难以抚平、湮灭作者心中对故乡的挂念。这首诗写的故乡的云，以浪漫诗意的想象抒发了作者对故乡深深的怀念之情。

330.

蝉

艳阳垂柳蝉自鸣，
鸟静风停难知情。
世事万物皆有因，
树下老翁腹中明。

【解读】

　　本诗咏"蝉"，有其独到之处。唐代虞世南的咏蝉诗曰："垂緌饮清露，流响出疏桐。居高声自远，非是藉秋风。"描写了蝉的清高之姿。本诗写艳阳夏日，垂柳之上，有一只蝉在高声鸣唱；这时候，鸟儿也安静了，风儿也停下了，它们都不明白，为何蝉还在一直长鸣；岂不知世间万物皆有它存在的原因；这有什么原因呢？树下的老翁，因为见过了太多的事情，自然知道分明。本首诗后两句为本诗的诗眼，点明了万事因果，自在人心的哲理。

331.
雾

车到山前入朝雾，
顿失方位瞬失路。
下车一片灰蒙蒙，
欲回原地车已无。

【解读】

这首诗重在写"雾"，以车作"雾"的反衬。首句仅出现一个
"雾"字以后，就全部是关于车和人的叙述了。因为雾太大，作者
的车进入雾区后瞬间失去了方向和方位，下车后，只看见雾蒙蒙的
一片，想再回到原地的时候，却全然已经找不到车所在的位置了。
这首诗构思巧妙，写雾之大，但又不直接写雾，而是以雾所导致的
结果来反衬，令人回味无穷。

天边

332.

蚕

卵蚕蛹蛾四世通，
春蚕吐丝作茧中。
早知茧成遭水烹，
何必贪吃桑叶撑。

【解读】

　　这首诗写的是蚕，关于咏蚕的诗还有很多，如"春蚕到死丝方尽，蜡炬成灰泪始干"。关于蚕的成语也不少，"作茧自缚"说的就是蚕的命运。本诗以首句高屋建瓴的概括了蚕的一生：卵、蚕、蛹、蛾，这就是蚕的生命旅程，但当蚕作茧自缚化身为蛹之后，就成为人们餐桌上的美味了。最后，作者以诙谐的语气说：可怜的蚕啊，你早知如此，又何必当初苦苦贪吃桑叶呢？

333.

虹

雨后彩虹挂天边，
七色诱惑青少年。
欲想过桥成神仙，
当心风起落空间。

【解读】

彩虹有七种颜色，赤橙黄绿青蓝紫。它呈现拱桥的形状，常在
雨后出现，那缤纷的色彩，诱惑着胸怀梦想的少年，就像伊甸园里
的苹果，诱惑着亚当和夏娃一样。那些胸怀梦想的少年们都想从彩
虹桥上走过以后，就可以走捷径，可是又怎么可能呢？那不过是虚
幻的影像，一阵风吹来，彩虹就会消失不见，那些来走捷径的少年
们，也只能失足跌落在某个虚幻的空间。本诗表面写彩虹，实际却
是在勉励那些心怀梦想的少年们，不要贪图安逸、心怀侥幸，而要
脚踏实地、奋斗向前。

334.

散　步

夜风习习星眨眼，
小路幽幽树两边。
一对老伴散步缓，
构出人生风景线。

【解读】

　　"散步"本是一件再普通不过的休闲活动，但本诗却赋予"散步"特殊的含义。首先是散步的时间：夜风习习；其次是散步的地点：小路幽幽；然后是散步的人物：一对老伴；再次是散步的环境：星星眨眼、树在两边、步履缓缓；最后，点明本诗的诗眼：散步的路上，是一道优美的人生风景线。是啊，本诗呈现给我们的，是多么优美的一幅人文画卷！

335.

冰　花

昨夜寒风呼啸临，
晨起大雪已封门。
窗上冰花千百态，
幅幅画面都是银。

【解读】

　　每当寒冷的季节来临，窗户上便会结满各种各样的冰花。尤其是在有着凛冽寒风的冬夜，还下了一场大雪。窗上的冰花千姿百态，形状各异，但毫无疑问，它们的本质都是冰，所以，它们都是银色的窗花。那些形状各异的窗上的冰花，承载着作者童年的回忆。那样的冬夜虽然寒冷，看到冰花的心情却是愉快的。

336.

海 鸥

远离喧闹居海礁，
群鸥凑来伴垂钓。
水下鱼闲嬉诱饵，
不知空中有飞鸟。

【解读】

  这首诗写的是海鸥，感觉上颇有"螳螂捕蝉，黄雀在后"的意义。海鸥在海面上飞翔盘旋，那是在干什么呢？可不单单是在悠闲玩乐啊。他们时时刻刻在准备捕鱼和寻找食物呢！那鱼儿在干什么呢？岸边有垂钓的人，那鱼儿正若无其事的在诱饵边上嬉戏游玩呢，殊不知上面有飞鸟在盯着它们，它们随时可能成为垂钓者和海鸥的美食呢。

337.

霜

暮秋晨起庭院凉，
露天一片白茫茫。
举目仰天星月稀，
鸡鸣犬吠惊冷霜。

【解读】

　　暮秋初冬，霜寒露重；清晨起床，庭院寒凉。白茫茫的霜，将地面覆盖，看不到温暖的模样。举目仰望，只看见清冷而稀疏的星月，孤零零的挂在天上，彼此之间没有交流，也不知道明天的方向。只有偶尔传来的几声鸡鸣犬吠，才让深秋的凉意有一点生机，让清冷的空气不再凝结成霜。本诗表面写霜，本质是在写一种凄清的心境。

338.

小油灯

夜幕底下点油灯，
豆光点点灯前明。
母缝衣衫子读书，
油灯虽小照前程。

【解读】

本诗描写了一幅夜间村落的小油灯下，母亲劳作、孩子学习的温馨画面。夜幕降临，小小的家里点起了小小的油灯，灯火点点，却给整个房间带来了光明。母亲在灯前为孩子缝补衣服，家，是贫穷的；孩子在灯前用心地读书，孩子，是充满希望的；油灯虽小，却让人感到无比温馨，透过灯火，我们似乎看到了孩子长大成才后光明的前途。加油吧，寒门的学子；感谢您，勤劳的母亲！

339.

山中正午

四面群山风已静，
日当正午阳光明。
老鹰悠悠天空旋，
幼童送饭到田中。

【解读】

　　这首诗名为"山中正午"，其实描写的是农民在山中辛勤劳作的场景。时间是正午，地点是山中，群山环绕，阳光正明。老鹰在天空悠悠盘旋，是在寻觅猎物，还是在享受飞行？这时候，我们的男主角出现了，一个幼童，提着做好的饭菜，送给正在田中劳作、正午也不回家休息的大人们。一幅田间劳作的画面便跃然纸上，人们的勤劳也就无须多言了。

340.

芙蓉街

南接泉水北连湖，
古街幽深铺连铺。
市井繁荣上千年，
磨平街面石板路。

【解读】

芙蓉街是泉城济南的一条特色老街，目前以小吃为主打项目。
这条街南北走向，是一条步行街，因街上有名泉"芙蓉泉"而得
名。清代诗人董芸曾写《芙蓉泉寓居》诗："老屋苍苔半亩居，石
梁浮动上游鱼。一池新绿芙蓉水，矮几花阴坐著书。"反映了人们
住在芙蓉街的舒适、优雅。芙蓉街为青石板路面，本诗以路面磨平
来反映芙蓉街的古老与古朴之风。

341.

济南护城河

泉水荡漾波连波，
垂柳倒影护城河。
虎泉咆哮咏古今，
碧水徒拥解放阁。

【解读】

　　济南以泉水而闻名，济南的护城河当然也和泉水有着千丝万缕的联系。泉水荡漾，碧波相连，垂柳倒影，绿水蓝天。黑虎泉是济南的名泉之一，三股泉水奔涌而出，如龙吟虎啸，也是老护城河的主要水源之一。解放阁是济南老城的标志性建筑之一，见证了济南解放的历史。后两句也体现了护城河的历史厚重感。

342.

摊煎饼

破砖砌灶台，
一人专烧柴。
平锅底朝天，
面糊涂要快。
水干煎饼熟，
层层摞起来。

【解读】

　　本诗以诗歌的语言和形式描写了摊煎饼的过程，语言通俗易懂。煎饼是我们非常熟悉的食物，大家爱吃也爱做煎饼。一个灶台，一人烧柴，一个平锅，一盆面糊，一层薄水。平摊要匀，动作要快，水干饼熟，一层一层摞起来。多么有诗意的画面啊。不要以为诗只是在远方，摊煎饼，难道不是诗么？

343.

贝　壳

海已远去沙滩宽，
贝壳被弃推上岸。
壳中施主何处觅？
徒留思念在人间。

【解读】

　　我们经常会在海边发现一些空的贝壳，那些五彩缤纷、色彩斑斓的贝壳，是我们乐于搜集、把玩的装饰品。本诗描写贝壳的角度却不相同。海潮退去，沙滩渐宽，贝壳就这样在海浪的冲击和推让中，孤单地留在了沙滩上。贝壳是孤独的，贝壳里面空荡荡，里面的施主先生去哪里了呢？只留下了贝壳们无尽的思念。

344.

北山之雪

北方山岚终有雪，
松柏做伴寒风烈。
欲知来年景何如，
丰雪预兆好时节。

【解读】

"瑞雪兆丰年"是大家耳熟能详的一句谚语。本诗就写了北山上的雪。"终有雪"三字，反衬北山之寒；并且以"松柏"和"寒风"烘托，描写了寒风凛冽的冷酷景象。寒风凛冽和山顶积雪，都不是诗人关心的主要问题，诗人关心的是来年的年景，那积雪终将化为春水，灌溉大地，预兆来年的丰收。

345.

熟人越来越少

年少不知人会老，
年迈才知熟人少。
暮色苍茫看劲松，
风扫尘世天知晓。

【解读】

　　这是一首特别的小诗。名字比较特别，叫"熟人越来越少"，为什么会熟人越来越少呢？不看内容还真不知道。本诗的立意比较特别，年少时，意气风发，哪里会想到老年的情景呢？等到年龄越来越大，身边相熟的老友一个一个离开世界，能够相互交流的熟人还真是越来越少了。所以，暮色苍茫，老人却犹如风中劲松，尘世的风雨都逐渐散尽，未来会怎么样呢？老天才会知道！

346.
两人世界

两面青山根连根，
峰间飘过无数云。
山间溪水倾心语，
同沐风雨洁自身。

【解读】

    这首诗描写了一幅画境，两面青山是诗中的主角。两岸青山不仅面对面，而且根连根。他们同时沐浴在风云与细雨之间，洁身自好，相敬如宾。山间溪水潺潺，交颈私语；峰峦之上，风云际会，宛如置身图画里。

347.

天蓝蓝

阳光明媚天蓝蓝，
一片云彩都不见。
扯块蓝天做书板，
挥笔写下人生观。

【解读】

　　这首诗富有意趣和哲理。蓝蓝的天空，阳光明媚，万里无云。这蓝天比海洋还辽阔，看着就像一块无瑕的幕布一样，让人禁不住想扯下一块，来书写人生的篇章。写什么呢？写下我们无穷的思绪，写下我们豁达的胸怀，写下我们向往的自由，写下我们无尽的追求，写下我们的人生观。

348.

远去的云

晴空万里白云飘，
撕下一片把字敲。
风送思念东南去，
静候燕子早归巢。

【解读】

云，在诗人的笔下，总是充满了奇幻的色彩。本诗描写了白云的飘逸及其承载的情感。晴空万里，白云飘飞，一个"撕"字，描写出白云的轻快。远方的人啊，见到白云后你可托燕子捎回你的音信。燕子是候鸟，冬天在南方，夏天在北方，不换人家不换场所，燕窝是不变的。远在东南的燕子啊，这里有晴空白云，有和煦的清风，我在等待，你何时北飞归巢？

349.
泪

秋风寒夜雨霏霏，
窗上水痕凝成泪。
独坐案前思郎君，
心空意茫难入睡。

【解读】

　　作者不仅善于书写豪放激烈的情感，也善于捕捉少妇闺秀的细腻情思，本诗就写出了一种少妇思君、哀怨凄切的情感。本诗以"泪"为题，描写了秋风寒夜里，冷雨霏霏，窗上的雨水都凝成了思妇的眼泪，一个人独坐案前，思念身在远方的郎君，心意空空，思绪茫茫，难以入睡。本诗情感细腻、凄婉，读来令人动容。

350.

落 雪

雪如鹅毛空中落，
片片鹅毛情脉脉。
一片鹅毛一封信，
漫天鹅毛叙思托。

【解读】

　　"鹅，鹅，鹅，曲项向天歌。白毛浮绿水，红掌拨清波。"这首脍炙人口的唐诗堪称经典之作，妇孺皆知。本诗也具有成为经典咏雪诗的潜质。文学表达中，人们常用"鹅毛大雪"来形容下大雪的场景。本诗以鹅毛比喻大雪，并将雪花进一步以鹅毛的形象比喻为来自家乡的信件和思托，且四句中皆有"鹅毛"二字，意境很美，形式也很美。

351.

觅挚友

高朋满座互敬酒，
人生途中觅挚友。
酒肉美味穿肠过，
难留真情存稀有。

【解读】

我们经常去参加各种各样的聚会，总会有三五好友，相对而坐，相互敬酒。参加聚会的目的也很简单，和老朋友相聚，把酒言欢；也期待能结识到新的朋友，再觅知音。本诗就写出了作者对真挚友谊的追求。酒肉美味，穿肠而过；高朋满座，酒后而散。聚会是短暂的，也是美好的，而更长久和更美好的，是那份挚友间的深情。

352.

招远黄金

地下钻井千米深，
宋朝开矿到如今。
世人皆知黄金好，
不知采矿多艰辛。

【解读】

在中学地理课上，关于矿产资源的一节课，有一座城市被深深地记在了作者心中，它就是富含金矿资源的招远市。招远市是一个县级市，黄金资源遍布全境，储量大，开采历史悠久，早在宋代就已经形成了开采规模，是全国第一产金大市，被称为"中国金都"。本诗后两句描写了黄金采掘的艰苦，可以说黄金的背后是欲望、血泪、奋斗的综合体。

353.

书　法

石砚冷硬细研墨片，
墨饱笔挺宣纸铺展。
布运章法胸有成竹，
典雅高贵才华溢满。
挥毫疾走收笔徐缓，
折笔有力回锋劲转。
高峰落石溪流潺潺，
虚实相映神韵富含。
妩美舒放墨分七幻，
浓处墨重淡处墨显。
风卷残云萧疏劲逸，
筋骨相间稳如泰山。
格逸趣高古拙苍健，
参差若楼飞惊纵观。
鱼跃龙门龟卧虎滩，
笔不盈寸墨染尘寰。

【解读】

　　书法艺术是中华传统艺术世界里的一块璀璨的瑰宝。书法的主要器具是笔、墨、纸、砚。作者用诗句栩栩如生地刻画了书法艺术的神奇魅力。本诗完全诠释和再现了书法艺术的特点和巨大魅力，深刻到位，令人沉浸，令人向往，令人叹为观止！

354.

碾

碾压碾盘转千年，
今朝无人再用碾。
弃旧用新机械磨，
碾离碾盘冷处闲。

【解读】

　　碾盘是把东西轧碎或压平的器具，又称为碾子。碾盘是千百年来中国农民最熟悉的农具之一，千百年来一直在使用，但是今天几乎没有农民再使用碾盘来碾米碾谷了。现在农业都用机械磨来进行农业劳动，所以碾盘就彻底在冷处独自清闲了。这首诗写的是碾盘，表达的道理却是在指那些现实中无法跟上时代潮流、适应时代需要的事物，终究要被现实社会所淘汰。当然，有些事物注定是要退出历史舞台的，这是客观规律，也并无太多遗憾可言。

355.
窗

南窗迎春艳，
残雪滴屋檐。
窗开暖风扑，
静候北飞雁。

【解读】

  一场春雪过后，残雪还挂在屋檐，在阳光的照射下，化成水轻滴下来；开向南边的窗子最先感觉到了春天的温暖，打开窗户，就能感觉到一股暖风扑面而来；那温暖的感觉告诉人们，大雁很快就要回来了。这首诗以《窗》为题，描写了早春时节的温暖与希望。

356.
岁

岁，
过年长一岁，
人人都长岁；
岁，
年长早成材，
顽童盼长岁；
岁，
长岁烦恼多，
暮年不喜岁；
岁，
岁增自然长，
皆应贺年岁。

【解读】

  岁月是世间最公平的事物之一，它不会因为谁的祈求而停下脚步，也不会因为谁的厌倦而加快步伐。每年每月，我们都在岁月的长河里或者沐浴奔跑，或者踟蹰前行。一年又过去了，顽童盼成长，而老人却不喜欢继续老去。但不管怎么说，能一直活着，每年增寿，就是一件值得祝贺的事情啊。

357.

远

情重千山近，
心远地自偏。
采菊东篱下，
云轻知秋面。

【解读】

陶渊明有诗云："结庐在人境，而无车马喧。问君何能尔？心远地自偏。采菊东篱下，悠然见南山。山气日夕佳，飞鸟相与还。此中有真意，欲辨已忘言。"本诗也写出了这样的意境，但内涵却不尽相同：情谊如果深重，则即便相距千山万水，仍然觉得距离很近；彼此之间如果心灵相隔，则即便距离很近，也会显得偏远。我在东篱下采菊，云很轻，才能感觉到秋风拂面。世间万物本是一种客观的存在，心境不同了，意义也就不再相同。

后　记

　　历时三年，诗集终于出版了，毕竟是利用业余时间创作，时间、精力都受到制约，再加上我本身的文学水平一般，很大程度上影响了作品的高度。还好，我身边的同事们很给力，王日东博士负责英文翻译，李连军博士负责解读，塔尔博士负责英文校对，另外还有赵勇博士、张沂南博士等对诗作本身的惴色。书名由中国周易学会会长、山东大学著名教授刘大钧老师题写，书中插图由中国顶级国画大师张大墨教授作画，两位大师给诗集增光添彩不少。同时还要感谢山东出版社张合盟等老领导的鼓励与支持，他们都是我的同事、朋友和老师，在此表示感谢。

　　有人问我，你的诗集里诗与诗的排序有什么讲究吗？我说，没有，完全是以当时的心情书写而定。没有归类，也没有章法。

　　写过文字的人都有体会，写东西都是有激情的。何时写？写什么？为什么要写？对于一个伟大的作家，后人会做专门的研究。

写文章，有主动去写，有被动而写。高考是被动写作，不得不写，除此以外，世上还有人喜欢主动去写文章。好的文章，基本上都是有激情，有情怀的。有感而发，由感而写。记录作者写作的背景也很有意义。这也是我坚持本诗集由目录排序的初衷。一句话，就是为了纪念当时写作的环境，包括自己的心境变化与写作的动机。不管多少年过去，每每翻阅诗集便能体会到我当时的心境。它就像一条小河流水，哪里有起伏，哪里有波澜是有彰显的。它也像一首歌曲，每个时段其音符是不同的。

最后，还要感谢广大读者的阅读与欣赏，同时还希望大家提出宝贵的意见。